O senhor da escuridão

Lourenço Cazarré

Ilustrador: Osvaldo Pavaneli

editora ática

O texto ficcional desta obra é o mesmo da edição anterior

DIRETOR EDITORIAL · Fernando Paixão
EDITORA · Gabriela Dias
EDITORES ASSISTENTES · Emílio Satoshi Hamaya e Fabricio Waltrick
APOIO DE REDAÇÃO · Pólen Editorial e Kelly Mayumi Ishida
PREPARADORA · Lizete Mercadante Machado
COORDENADORA DE REVISÃO · Ivany Picasso Batista
REVISORES · Elisa Hitomi Yamane, Márcia Nóboa Leme, Denise Góes e Cátia de Almeida

ARTE
PROJETO GRÁFICO · Tecnopop
EDITORA · Cintia Maria da Silva
DIAGRAMADORA · Ana Paula Fujita
EDITORAÇÃO ELETRÔNICA · Zin Pan e Exata

CIP-BRASIL. CATALOGAÇÃO NA FONTE
SINDICATO NACIONAL DOS EDITORES DE LIVROS · RJ

C379s
2.ed.

Cazarré, Lourenço, 1953-
O senhor da escuridão / Lourenço Cazarré ; ilustrações Osvaldo Pavaneli. - 2.ed. - São Paulo : Ática, 2007.
136p. ; il. - (Sinal Aberto)

Inclui apêndices e bibliografia
Contém suplemento de leitura
ISBN 978-85-08-10686-8

1. Literatura infantojuvenil. I. Pavaneli, Osvaldo. II. Título. III. Série.

06-3321. CDD 028.5
CDU 087.5

ISBN 978 85 08 10686-8 (aluno)
ISBN 978 85 08 10687-5 (professor)
Código da obra CL 735397
CAE: 215184 AL

2018
2ª edição, 3ª impressão
Impressão e acabamento: Gráfica Bueno Teixeira

Av. Otaviano Alves de Lima, 4400 – CEP 02909-900 – São Paulo, SP
Atendimento ao cliente: 4003-3061 – atendimento@atica.com.br
www.atica.com.br

sinal aberto fantasia

A vida é cheia de transformações

Rodrigo levava a vida típica de um **jovem de classe média**: ia para a escola, passava as tardes vendo televisão e só tinha de se preocupar com as implicâncias de Mina, sua irmã mais nova. Mas, certo dia, após um de seus habituais cochilos vespertinos, ele percebe, horrorizado, que **se transformou em um rato**. Assim, sem mais nem menos, Rodrigo agora é um roedor — temido e odiado pelas pessoas.

Ele passa, então, a viver nos encanamentos e buracos escuros da casa, e tem de aprender a ser independente e a enfrentar os perigos da nova vida. O que antes lhe parecia amistoso e familiar de repente torna-se **ameaçador**. Seus próprios pais decidem pôr fim aos ratos da casa. E Bichano, seu gato de estimação, transforma-se em **inimigo cruel** e sanguinário.

A extraordinária aventura vivida por Rodrigo é uma história feita para divertir, emocionar e, principalmente, para estimular a **reflexão**. É a história de todos nós — em especial na adolescência —, que um dia acordamos e percebemos que tudo mudou de significado e que as pessoas também não nos reconhecem mais. É preciso, portanto, adotar um novo modo de encarar a vida e de se fazer **compreender**.

Conheça também um pouco mais sobre o autor Lourenço Cazarré em uma entrevista exclusiva, no fim do livro.

Não perca!

- *Um menino misteriosamente se transforma em um animal abominado pelos homens.*
- *As dificuldades enfrentadas depois de uma mudança radical de identidade.*

Quando certa manhã Gregor Samsa acordou de sonhos intranquilos, encontrou-se em sua cama metamorfoseado num inseto monstruoso.

A metamorfose, Franz Kafka

Sumário

Segunda parte — A mais estranha das reportagens

PRIMEIRA PARTE

A INQUIETANTE HISTÓRIA DE RODRIGO

1

UMA VOZ MACIA COMO UM COLCHÃO DE PENAS

Depois do almoço, eu me espichei no sofá da saleta. Pretendia ficar uma hora por ali, assistindo a um programa qualquer de televisão.

Eu tinha de voltar para o colégio porque naquele dia, às três horas, minha turma viajaria em excursão de ônibus até Santo Antônio da Água Quente. O colégio era pertinho, a uns cem metros de casa.

Eu estava empolgado. Aquela seria minha primeira excursão de colégio. Em sala, a gente tinha passado a semana falando só da excursão, planejando mergulhos nas piscinas de água quente, banhos nas cachoeiras e passeios pelos morros.

Todos os dias depois do almoço, eu me deito na frente da televisão. É para me recuperar da manhã passada com o traseiro colado numa cadeira na escola. Quase sempre tiro uma pestaninha porque eu não nasci mesmo para levantar cedo.

Naquele dia eu estava com mais sono do que o normal porque tinha dormido bem tarde por causa de uma pesquisa para a professora de ciências.

Só para contrariar minha irmã, Mina, eu apanhei o controle da tevê antes de me deitar no sofá. A gente tinha discutido durante o almoço, quando ela dissera:

— Mãe, o Rodrigo simplesmente liga a tevê. Não se dá nem ao trabalho de pegar o controle remoto para mudar de canal. Deita lá e fica jiboiando. Parece uma cobra que engoliu um rato.

— Largue do meu pé, Mina. Preciso limpar a cabeça. Passei a manhã na escola.

Sempre, em qualquer discussão, eu rebato o que ela diz. Mas ela nunca me dá a última palavra. Depois, ela falou:

— Você não precisa limpar a cabeça. Nada entra nessa sua cabeça dura, Rodrigo. Você vê tanta porcaria na televisão que o seu cérebro já secou.

A minha irmã é uma chata profissional. Tem só onze anos, mas incomoda tanto quanto um adulto. Vive pegando no meu pé porque eu sou um cara tranquilo, na minha, e ela tem a mania de viver sempre falando pelos cotovelos e se agitando. O passatempo predileto dela é encarnar em mim.

— Deixe seu irmão em paz, Guilhermina! — disse mamãe. — Enquanto está vendo televisão, o Rodrigo não incomoda ninguém.

A minha mãe é gente fina, supermeiga e paciente. Ela sofre muito com as discussões que a Mina inventa.

— Vocês precisam amadurecer logo para acabar com esses bate-bocas. Vocês me deixam nervosa.

— Vocês, vírgula! A Mina é que procura briga — eu estrilei.

— Eu sei que vocês vão mudar para melhor — disse mamãe. — Todos os meus alunos tomam jeito quando fazem catorze, quinze anos.

Minha mãe é professora, leciona matemática para o ensino médio.

Levantei irritado da mesa e fui para a saleta de tevê. A primeira coisa que fiz foi justamente pegar o controle remoto, só para contrariar a Mina.

Com o controle, fui passando de um canal a outro até que vi na tela a imagem de um mágico. Ele estava balançando um relógio de bolso diante da câmera. Usava cartola e vestia uma capa preta forrada de vermelho.

— Você está com sono, muito sono — ele disse.

O cara era feio demais da conta! Tinha um narigão imenso, uns beiços revirados e um bigode fininho. Os olhos dele eram avermelhados e soltavam umas faíscas pretas. Mas tinha uma voz macia como um colchão de penas.

Ele ficou movendo o relógio de um lado para o outro, como se fosse um pêndulo, e eu fui ficando bobo. Estava quase dormindo quando ouvi, longe, bem longe, a voz de minha mãe:

— Rodrigo, estou indo com sua irmã ao supermercado. Não vá perder a hora da excursão.

2

ESSE BICHO SÓ PODE SER EU

Adormeci e tive logo um pesadelo terrível.

Sonhei que era um cara de uns dezoito anos, alto e forte, que avançava tranquilo por uma floresta escura. De repente, uma bruxa horrorosa me cortou o caminho:

— Não tenha medo! Você, finalmente, deixou de ser um garoto boboca de doze anos.

Bastaram aquelas palavras para que eu sentisse medo. Muito medo. A bruxa se desmanchou no ar e eu percebi que estava cercado por muitas feras, que estavam escondidas por trás da vegetação.

Mesmo assim, resolvi seguir em frente. E voltei a caminhar. De repente, quando olhei para cima, vi um tigre num galho de árvore. O bicho estava pronto para saltar em cima de mim. Desandei a correr.

O tigre veio atrás de mim, ele e outras feras. Eu corria, corria, mas não me distanciava delas. Então, começou a escurecer. A noite descia depressa e eu não encontrava um lugar para me esconder daqueles bichos, que não me davam descanso.

Aí, acordei.

Levei um bom tempo para perceber que estava de barriga para baixo. Estranho. Nunca dormia daquele jeito. Eu costumava virar de lado e ficar enroscado que nem um gato.

Em seguida, notei que meu ângulo de visão era maior. Eu via a televisão ligada na minha frente, mas o meu olhar atingia também toda a saleta. Enxergava até mesmo por cima dos ombros.

— O que está acontecendo comigo? — eu me perguntei.

Não reconheci minha própria voz, que mais parecia um guincho.

Eu quis me levantar, mas não consegui, embora sentisse que tinha muito mais força nos braços e nas pernas.

Olhei para as minhas próprias mãos e fiquei gelado. Vi umas unhas duras, cinzentas, e os punhos cobertos de pelos.

— Espelho! Tenho de me olhar num espelho! — resmunguei, e as minhas palavras se transformaram em chiados.

Nervoso, saltei do sofá. Na verdade, voei. Ao enterrar as patas dianteiras no tapete olhei de novo para elas e murmurei:

— Deus do céu, onde arranjei essas garras de bicho?

Enquanto corria, tentei mais uma vez ficar de pé, mas não pude. Fui obrigado a continuar de quatro. O tapete vermelho da sala estava bem perto da minha cara. Senti uma vontade danada de espirrar.

Olhei para o lado. Vi uma coisa que me pareceu um móvel esquisito. Que fedia. Era alto, de couro marrom e tinha umas cordas caídas na lateral.

— Para que serve esse negócio?

Quando descobri que aquilo era simplesmente um pé de tênis, o tênis que eu estava usando naquele dia, meu coração disparou ainda mais. Além de ter virado bicho, eu tinha encolhido!

Quanto mais eu corria mais o meu desespero crescia. E eu corria tão rápido quanto no dia em que rebentou a correia da minha bicicleta e eu desci a ladeira da igreja em alta velocidade, até que me espatifei contra o muro.

O corredor daqui de casa me pareceu largo como uma avenida.

Era legal correr daquele jeito, dando grandes saltos: as mãos batendo no chão no mesmo instante, juntas; as pernas fortes me empurrando para a frente. Eu dava um tremendo pulo, caía sobre as mãos e já decolava de novo.

Dobrei à direita e entrei chispando no meu quarto, mas não parei. Fui direto ao banheiro. Ali, escalei o armário da pia, me agarrando na quina. Foi superfácil. Quando cheguei ao tampo de mármore, dei de cara com o espelho.

— Que nojo!

De dentro do espelho, ofegante, um ratinho negro me observava.

— Esse bicho só pode ser eu.

Apavorado, vi que o rato movia os bigodes repetindo as minhas palavras.

— Isto é um pesadelo! Pior que o das feras.

Se era um pesadelo, tinha de acabar logo. Já lutei muitas vezes contra sonhos ruins. É difícil escapar deles, mas a gente consegue. Basta fazer força. Aos poucos, a pessoa vai se desenredando, consegue mexer os braços, as pernas, e, aí, pode pedir socorro.

Fechei os olhos com força. Eu estava certo de que quando tornasse a abri-los tudo teria voltado ao normal.

3

É TERRÍVEL QUERER DIZER UMA COISA E FALAR OUTRA

Mas, ao reabrir os olhos, não vi só um rato refletido no espelho. Vi dois.

Eu era o rato da esquerda, menor, de pelo escuro. O outro, no canto direito do espelho, era maior e tinha um pelo cinza-claro, quase branco.

— Tchã-tchã-tchã-tchã! O pesadelo continua! — disse ele. — Seja bem-vindo à espécie animal mais poderosa do universo.

Eu tive um choque. Como podia entender perfeitamente o que aquele bicho me falava? Como podia compreender aqueles ganidos e chiados?

Observei melhor o rato. Os imensos fios do bigode dele eram brancos; seus olhos, de íris vermelha, eram brincalhões.

— Meu nome é Lalo. Pode abrir seu coração para mim, como se eu fosse seu pai. Pergunte o que quiser, sei que você está muito curioso.

— Curioso? Estou é apavorado! Por que me transformei num bicho tão asqueroso?

— Não seja grosseiro! Ratos não são asquerosos. Ao contrário, somos muito bonitos. Veja, nosso pelo é sedoso e brilhante. Você ainda vai sentir muito orgulho em pertencer à nossa espécie.

— Orgulho?

— Claro! Os ratos estão entre os animais mais trabalhadores e inteligentes do universo. Somos praticamente indestrutíveis, vivemos onde nem mesmo os homens mais corajosos podem sobreviver. Nos desertos, nas geleiras. Além disso, usando nossa esperteza, nossa coragem e nossa rapidez, enfrentamos homens e gatos e quase sempre saímos vencendo.

— Grande vantagem! Continuamos sendo feios uma barbaridade! — eu disse, e logo me arrependi de ter usado o verbo no plural.

— Não se preocupe com as aparências! Mais tarde, se conseguir voltar a esse espelho, você já terá se acostumado com a sua nova imagem. Aí, não se achará tão feio. Aliás, verá que é um exemplar bem bonitinho. Mas, no momento, o que lhe interessa saber é que não vencemos sempre.

— O que você quer dizer com isso? — perguntei, assustado.

— Que você agora é um rato e que seus inimigos, os gatos e os homens, são impiedosos. Se bobear, eles acabam com você.

— Inimigos? Que nada! O Bichano, por exemplo, me adora!

— Gatos não amam ninguém — disse o rato velho. — Eles só gostam da casa onde conseguem comida.

Eu ia retrucar dizendo que tinha criado o Bichano desde pequenininho e que ele era o gato mais pacífico do mundo, mas não pude falar nada. Senti uma coisa estranha. Primeiro, um arrepio de frio. Depois, meus pelos ficaram em pé e os fios do meu bigode se agitaram.

— Seu grande amigo está vindo para cá — anunciou o rato-cinzento. E acrescentou, rindo: — Mas não tente fazer um cafuné no pescoço dele!

Aí, ele desceu pela lateral do armário e sumiu. Nem vi por onde deixou o banheiro.

Então, eu me concentrei num barulhinho que vinha de longe. Era o som de patas macias batendo suavemente num carpete fofo. Devia ser na escada. Lembrei do Bichano e do seu jeito de andar, todo mole.

De repente, um golpe de vento trouxe para dentro do banheiro um cheiro quase insuportável, uma catinga de bicho ruim. Eu sabia que precisava sair dali correndo, mas, não sei por quê, acabei ficando.

Uma cara redonda e peluda surgiu na porta do banheiro.

— Bichano! — eu gritei, alegre, mas o som que saiu da minha garganta soou como um palavrão.

O gato parou no vão da porta. Seus olhos verdes foram se fechando até que só ficou um risquinho preto no meio deles. Passou a língua vermelha pelos beiços para recolher a saliva.

— Bichano, seu gato preguiçoso, você não está me reconhecendo?

Eu pronunciava as palavras em tom de amizade, mas elas se transformavam em xingamentos. As palavras humanas se modificavam quando passavam pela minha garganta de rato. É terrível querer dizer uma coisa e falar outra, bem diferente.

Comecei a entrar em pânico. O nosso gato, o gato que morava havia cinco anos na nossa casa, não estava me reconhecendo.

Sempre em silêncio, Bichano se agachou. Ele se acomodou em cima das patas de trás. Estava se preparando para voar em cima de mim. Resolvi insistir:

— Bichano, sou eu, Rodrigo!

Ele estava totalmente imóvel. Parecia descansar. Mas eu saquei que, por baixo do pelo, por baixo das camadas de banha, ele era uma maçaroca de músculos contraídos.

— Meu Deus, será que o gatinho que criei desde que ele era uma bolinha de lã vai me atacar?

4

A MALDADE CONCENTRADA NOS OLHOS

De repente, Bichano falou:

— Estou pronto para matar você, mas não tenho pressa.

Ele falava devagarinho, saboreando as palavras.

Aquela frase era terrível, mas o estranho é que ela me deu um pouco de esperança. Bichano não podia ter esquecido todos aqueles anos de amizade.

— Você não lembra quando eu lhe dava leite num conta-gotas? Você era bem piquititinho, parecia um ratinho.

— Nunca me pareci com um rato! — rosnou ele, mostrando seus compridos caninos afiados. — E nunca lhe pedi nada. Se você me deu leite, deu porque quis.

— Deixe de ser mal-agradecido! Eu sou Rodrigo, seu dono!

— Gatos não têm dono! Somos animais selvagens. Só vivemos nas cidades por comodismo e preguiça. Poderíamos viver em liberdade na floresta, caçando, mas preferimos aturar os estúpidos seres humanos porque eles nos dão comida de graça.

— Toda noite, na hora do lanche, eu corto uma salsicha para você. Lembra?

— E daí?

— Sou eu quem compra sua ração no supermercado.

— Prefiro comer ratos. Aquela ração é insossa.

— Bichano, todo dia, de manhãzinha, deixo você entrar debaixo das minhas cobertas, quando elas ainda estão quentes — eu falei, já quase choramingando. — Eu devia era chutar o seu traseiro, como a Mina faz.

— Odeio você e sua irmã — miou o gato.

— Mas garanto que você não a atacaria, embora ela viva dizendo que você é um gato preguiçoso e catinguento. Só porque ela é menina...

— Não me importa se o pato é macho, eu quero é comer o ovo.

— Bichano, quando estou no sofá vendo televisão, eu deixo você encostar em mim, e fico fazendo cafuné no seu pescoço.

— Cafuné? Não preciso de carinho de ninguém. Eu gosto é de calor. Agora, chega de papo-furado! Nesta casa aqui quem caça sou eu. Este é o meu território de caça. E você está dentro dele. Portanto...

Senti uma nova pontada de medo no coração. Eu me lembrava muito bem da vez em que tinha visto o Bichano matar um rato no pátio. Ele tinha dado várias patadas e dentadas no pobre bicho antes de comê-lo.

— Já que você pretende acabar comigo, Bichano, mate-me logo! Não fique me maltratando!

— Deixe isso por minha conta. Farei com você exatamente o que os gatos fazem há milhares de anos com os ratos. Vou liquidar você aos poucos. Primeiro, vou quebrar todos os seus ossos, um a um. Depois...

A maldade dele estava concentrada nos olhos, naquele risquinho preto.

— Não vou me entregar facilmente, Bichano.

5

UMA MORTE MENOS DOLOROSA

Sempre de olho nele, eu tentei achar uma saída.

Primeiro, pensei em me esconder no armário, que fica embaixo da pia, mas ele estava com as gavetas fechadas.

Depois, eu pensei em sair pela porta, mas Bichano não me deixaria passar.

Olhando para cima, eu vi que tinha uma pequena chance. Se conseguisse sair pela janela do banheiro, que dá para o pátio, eu escaparia.

Mas como chegar até ela?

Pelo boxe do chuveiro, claro. Notei que a parte móvel do boxe, que funciona como porta, tem uma faixa de borracha que veda a saída dos respingos de água.

Se eu pudesse escalar a proteção de borracha, alcançaria a janela. E a salvação.

Então, de repente, chispei pelo tampo de mármore. Corri como nunca na vida. Que velocidade! Voei para a proteção de borracha, me agarrei nela e comecei a subir.

Enquanto isso, Bichano dava um salto e caía junto ao boxe. Encolheu-se e tornou a voar, em linha reta, para cima. No ar, a mais de metro e meio do chão, deu uma patada que me atingiu, de raspão, perto da pata traseira direita.

— Acabou — gemi, ao sentir o golpe das unhas do gato.

OSWALDO

Com toda a força que ainda tinha, eu me agarrei à borracha. O ferimento ainda não estava doendo muito.

Olhei para baixo e vi Bichano lambendo respingos de sangue na pata que tinha usado para me golpear.

Se quisesse, ele poderia dar mais um salto e mais um tapa. Acabaria comigo. Mas era um bicho muito manhoso, preferia esperar que eu despencasse de lá.

Enquanto eu não caía, ele se divertia com o meu sofrimento.

— Por quanto tempo ainda me aguento pendurado aqui?

Voltei a olhar para baixo. Comodamente estirado no chão, Bichano passava a língua nas gotas de sangue que saíam do meu ferimento e caíam no ladrilho.

Se eu me movesse, o gato voaria em cima de mim. Mas eu não me sentia capaz de dar mais um passo. Nunca alcançaria a janela, que estava bem próxima.

De repente, tive uma ideia. Uma ideia desesperada mas que talvez me livrasse da morte nas garras do gato.

— O vaso sanitário!

O que o desespero faz com a gente! Eu estava pensando em mergulhar no vaso, que fica ao lado do boxe.

Seria uma manobra muito arriscada. Eu poderia bater com a cabeça na parede do vaso. Mas também poderia morrer afogado na água da privada.

— De qualquer jeito, será uma morte menos dolorosa.

Calculei a distância, fechei os olhos e mergulhei.

6

ESMURRANDO A COITADA DA ÁGUA

Entrei de ponta-cabeça exatamente no centro da água azulada. O impulso foi tão forte que bati de peito na cerâmica do fundo e, meio tonto, subi rapidamente.

Em vez de ficar na cuba, acabei passando para a parte de trás do vaso, por onde escorre a água depois da descarga.

Abri os olhos e vi que estava num lugar muito escuro. Apoiando-me nas patas da frente, subi para um pequeno ressalto de cimento.

Comemorei com uns versinhos do meu tempo de jardim de infância:

— Enganei o bobo, na casca do ovo!

De tão contente por ter vencido Bichano, eu quis dar uns passos de dança, mas era difícil rebolar com quatro patas, sendo que uma delas estava machucada.

— Imagina só a cara do Bichano!

Mas a minha alegria por ter escapado do gato desapareceu logo. O pesadelo continuava e, pior, eu estava na rede de esgotos da casa. Num lugar escuro pra burro.

Gritei:

— Tem alguém por aí?

Minha voz chiada de rato ecoou num ponto distante.

De resposta, só o silêncio.

O ferimento estava doendo um pouco. Virei para trás e lambi a região ferida.

— Estou agindo como um animal. E daí? Quando eu era pequeno, se machucava um dedo, botava logo na boca para chupar.

Como não podia voltar ao banheiro por causa de Bichano, decidi ir em frente. Diante de mim, havia um cano bastante largo, mas a água parada dentro dele parecia negra.

— É apenas um riozinho de uns cinco centímetros de profundidade. Mas, se eu tiver uma cãibra, morro afogado. E seria ridículo morrer nesse tantinho de água.

Levantei os olhos e vi, longe, bem no fundo, um pouco de luz. Resolvi nadar até lá.

Sou um garoto meio preguiçoso, mas sei nadar. Estou na escola de natação há uns dois anos. O médico mandou, por causa da minha asma. Nos domingos, eu nado aqui em casa mesmo. Não sou nenhum campeão olímpico, mas o que sei quebra o galho. Gosto mais do nado de costas. A Mina diz que eu prefiro o estilo costas porque, com ele, dá até para nadar dormindo.

Aí, eu entrei na água. Ela não estava nem quente nem fria. E não fedia, como eu havia imaginado. Felizmente, porque eu nadava de costas, não precisei meter a cara nela.

Saí nadando. Fui bem devagarinho porque minhas patas traseiras de rato eram mais curtas que as minhas pernas de menino. E a pernada é importante no nado de costas. Além disso, minhas patas dianteiras puxavam pouca água.

Se estivesse por ali, a Mina diria:

— Você está conseguindo o impossível, Rodrigo. Você nada pior como rato do que como gente.

Toda vez que me vê na piscina, a minha irmã diz:

— Rodrigo, você não nada. Você esmurra a coitada da água.

Guilhermina é uma garota implicante, mas a verdade é que eu senti saudade dela lá naquela escuridão. É uma menina mal-humorada, mas seria legal se ela estivesse comigo naquele momento.

Depois de um tempão, cheguei ao ponto luminoso. Havia um ralo ali. Olhei para cima e vi, através dos furinhos do ralo, um armário.

— Estou no banheiro de Mina!

7

O AMOR PELAS TOALHAS ÚMIDAS

Logo descobri a abertura por onde passava a água vinda do vaso do banheiro de Mina. Nadei até lá.

— O trouxa do Bichano não vai imaginar que vim para cá.

Escalei a pequena parede, passei pela abertura e caí na cuba. Depois, tentei subir pela parede do vaso, mas a louça era lisa e escorregadia. Me agarrei ao suporte do bastão de desodorante e, aí, consegui chegar lá em cima.

O cheiro misturado de milhares de perfumes, xampus, sabonetes e cremes me revirou o estômago. Eu já não suportava aquele banheiro quando era um menino. Na condição de rato, com um faro muito mais aguçado, eu simplesmente quase vomitei.

— Garotas!

Lembrei que mamãe vivia repetindo:

— Mina, por que você não bota perfume como uma pessoa normal? Por que você dá um mergulho dentro do frasco?

Se o banheiro de Mina não fosse tão cheiroso, eu descobriria logo, pelo faro, se Bichano estava por perto.

De cima do vaso, eu tinha uma boa visão do quarto da minha irmã. Contei o que estava espalhado pelo carpete: duas toalhas úmidas emboladas, três camisetas viradas do avesso, quatro calcinhas e inúmeros pares de meias sujas. Tudo jogado. Isso sem falar nos vários pés de tênis, revistas, CDs e todo o material escolar.

Aposto que não existe, no mundo inteiro, quarto tão bagunçado quanto o da Mina.

Mamãe vive reclamando:

— Não conheço ninguém que ame tanto uma toalha úmida quanto você, Mina! Custa estendê-la?

Ao lembrar das frases de mamãe, uma lágrima rolou pelas minhas fuças. Nunca havia pensado que um dia pudesse sentir tantas saudades dela.

Afastei logo aquelas recordações porque precisava agir. Descia ou não da borda do vaso?

— Seja o que Deus quiser.

Saltei. E, pé ante pé, ou melhor: pata ante pata, com a respiração suspensa, entrei no quarto de Mina. Suspirei aliviado quando vi que a porta que dava para o corredor estava fechada.

— Pelo menos por ali o Bichano não pode entrar!

Mina mantém a porta fechada para que ninguém veja a bagunça do quarto. Ali só tem um pouco de ordem nas prateleiras, onde estão os mais de trezentos bichinhos da coleção dela.

A janela que dá para o pátio também estava fechada.

— Estou a salvo.

Só então percebi que estava cansado. Podre de cansado. Senti uma vontade doida de tirar uma soneca. Corri para a cama da minha irmã e me deitei entre um camelo beiçudo e uma arara-azul de veludo. Todo dia, Mina escolhe dois ou três bichos para enfeitar a cama.

Depois da movimentação daquela tarde — o pesadelo das feras, minha transformação em rato, a conversa com o rato velho, o ataque de Bichano e a travessia do esgoto a nado — eu estava exausto.

— Quando acordar, é certo que terei voltado a ser um menino.

Deitei e, em seguida, ferrei num sono pesado.

8

UMA MÃE MUITO DESALMADA

O meu sono foi profundo, mas não durou muito.

Eu estava sonhando com um belo e cheiroso naco de queijo quando fui acordado por um berro espetacular.

Abri os olhos e vi na minha frente uma boca escancarada. Em cima da boca havia uns olhos arregalados e um nariz repuxado. Demorei a reconhecer a dona daquela boca.

Era minha irmã, soltando o mais formidável de todos os berros que eu já escutei.

— AUARRAUNAAAAAHHHH!

E olha que Mina é especialista em gritaria! Desde pequena, toda vez que se desentende comigo ela desata logo um tremendo berreiro. Quem escuta, acha que ela está sendo estrangulada.

Uma vez, quando éramos bem menores, papai me perguntou:

— Por que você bate tanto na sua irmã, Rodrigo? Você não tem vergonha?

— Mas eu nunca bati nela, pai!

— Como não bate, se ela vive berrando?

— Ela berra só para fazer você e mamãe acreditarem que eu bati nela. Mas eu nem chego a bater. Mal eu levanto um braço, ela começa a gritar feito louca.

Pois é, naquele dia, o berro de Mina superou todos os outros.

Como estava muito cansado, eu fiquei deitado, com o focinho recostado na barriga da arara-azul. Aí, eu disse:

— Você não está vendo que sou eu, sua boba? — perguntei, na linguagem incompreensível dos ratos.

— HHAAAAAAIIIIIHHHAAAAIIII!

— Sou eu, Rodrigo, seu irmão.

A segunda frase levou Mina a fazer uma coisa impossível: aumentar o tom do berro.

Eu nunca tinha visto minha irmã daquele jeito: os olhos da coitada estavam quase voando por entre as pestanas, suas bochechas pareciam tomates maduros e sua boca estava escancarada de um jeito que dava para ver uma obturação de metal num dos dentes de trás.

— Fiasquenta! — berrei.

Aquele meu berro calou Mina. Ela simplesmente foi a nocaute. Fechou a boca, cortou o grito pelo meio e desmaiou. Desabou de frente, foi de cara no carpete.

Eu não pude fazer nada para evitar o tombo dela. Claro, o mínimo que me aconteceria, se eu tentasse segurá-la, seria virar um rato esmigalhado.

Quando eu ia descendo da cama, para socorrer Mina, ouvi outro grito:

— UUUAAAUUUAAARRR!

Olhei para a porta do quarto e vi mamãe. Ela estava curvada para a frente: a mão esquerda segurando o estômago e a direita levantada, fechada.

— Mãe, sou eu, Rodrigo — falei baixinho, para acalmá-la. Eu queria ser gentil, mas a minha voz de rato era raivosa.

O rosto de mamãe estava desfigurado. Ela tem verdadeiro pânico de ratos. Uma vez ela me disse:

— Prefiro ser perseguida por um bando de leões famintos do que ser atacada por um só ratinho.

Mesmo assim, eu insisti:

— Mamãe!

De repente, ela parou de berrar. Então, avançou para mim:

— Saia daqui, rato dos infernos! Deixe minha filhinha em paz!

Ao ver aqueles olhos cheios de ódio, eu me lembrei de que não era mais um menino de doze anos. Era um feio rato escuro. Mesmo assim, gemi:

— Mãezinha!

Em vez de ficar comovida, ela pegou o despertador, que estava em cima da escrivaninha de Mina. Era dos antigos, pesadão, de metal.

— Se ela me acerta, eu morro.

Mal tive tempo de saltar para o lado e o despertador já explodia contra a parede. Molas, parafusos, ponteiros, cacos de vidro e engrenagens voaram para todos os lados. Alguns dos estilhaços me atingiram na cabeça.

Meio zonzo, saltei para o chão e procurei abrigo debaixo da cama.

Mamãe pegou uma vassoura que estava encostada na parede, enfiou debaixo da cama e começou a dar golpes para todos os lados.

Escapei das vassouradas, passei correndo entre as pernas dela e chispei para o banheiro.

Corria o mais que podia, mas, como o quarto estava atravancado de bugigangas, eu precisava fazer muitas voltas. Tinha medo de me enroscar numa toalha úmida ou numa camiseta. Atrás de mim, choviam as vassouradas de mamãe.

— Maldito rato! — gritava ela.

Seus golpes explodiam cada vez mais perto de mim.

— Pare, mamãe! — gritei. — Não existe pecado maior do que matar um filhinho a cacetadas!

Naquele momento, eu daria tudo para voltar imediatamente à minha forma original, de menino, só para fazer mamãe sentir remorso. Oh, como eu gostaria de poder ressurgir diante dela dizendo:

— Você é uma mãe muito desalmada!

9

O ASSASSINATO DO HIPOPÓTAMO BARRIGUDO

De repente, parei, encurralado num canto da parede.

Mamãe estava na minha frente, com a vassoura levantada, pronta para me dar a cacetada definitiva.

Meus olhos desceram da vassoura para uma coisa muito pior. Os olhos de Bichano. Parado ao lado dos pés de mamãe, lambendo os beiços vermelhos, ele disse:

— Pior do que levar uma vassourada da mamãezinha é ser estraçalhado pelas garras de um gatinho malvado.

Gelei. Atraído pela gritaria, o Bichano tinha vindo para o quarto da minha irmã.

Tenho de arranjar um jeito de sair daqui, pensei.

Logo me lembrei de uma frase que papai usa

quando está vendo futebol na tevê: a melhor defesa é o ataque.

— É tudo ou nada — me benzi. — Seja o que Deus quiser!

Correndo o máximo que podia, avancei direto aos bigodes do Bichano. Desnorteado, o gato se encolheu. Não esperava por aquele ataque.

Pertinho da cara do gato, eu desviei e voltei a correr entre tênis, camisetas, toalhas, cadernos e livros. Eu me sentia num labirinto. Achava que estava correndo na direção do banheiro, mas não estava muito certo disso.

Depois que se recuperou do susto, Bichano passou a me perseguir. É claro que também ele se atrapalhava com as coisas jogadas sobre o carpete, mas tinha a vantagem de dar saltos maiores.

Mamãe torcia pelo maldito gato:

— Pega ele, Bichano!

Eu já estava bem próximo da porta do banheiro quando o gato deu um pulo fantástico.

Bichano era gorducho, comilão e preguiçoso. Gastava a maior parte do tempo em sonecas, pestanas e repousos. Em sofás, camas ou tapetes. Só se movia quando sentia cheiro de bife na cozinha. Mas ele se transformava quando via um rato. Parecia emagrecer dez quilos: sua gordura virava músculo. Seu pelo ficava todo em pé, como se tivesse levado um choque elétrico na ponta do rabo.

Bichano voou. Suas patas dianteiras encolhidas estavam prontas para me dar o tapa da morte. Suas unhas duras estavam prontas para se abrir como foices afiadas.

Na última fração de segundo da minha vida de rato, quando já sentia na nuca o bafo do Bichano, eu me enfiei por baixo de um hipopótamo de pelúcia, que mamãe havia derrubado da prateleira com uma vassourada.

As garras de Bichano entraram como canivetes no barrigão do bicho, que se abriu e soltou uma nuvem de flocos de espuma. Antes de perceber o erro, o gato cravou com toda a vontade os dentes no pescoço de pelúcia.

O embalo era tanto que Bichano deu quatro cambalhotas, engalfinhado com o hipopótamo. Enquanto rolava, ele tentava livrar suas garras do tecido, mas não conseguiu. Estava algemado pelas unhas e com a boca cheia de flocos de espuma.

Aproveitando a confusão do gato, entrei no banheiro, escalei a penteadeira e, de lá de cima, saltei para dentro do vaso.

Como havia feito pouco antes, no meu banheiro, mergulhei de ponta-cabeça e, no embalo, passei para a parte de trás. Estava ficando especialista naquele tipo de fuga.

10

O CULPADO SERÁ VOCÊ

Quando reabri os olhos, eu estava de volta à escuridão.

Fui recebido por uma voz zombeteira:

— Isto aqui não é muito agradável, mas, mesmo assim, é mais tranquilo do que o mundo dos homens e dos gatos, não é?

Reconheci logo o rato velho do espelho.

— Com certeza — respondi.

— Felizmente esse gato é lerdo. Come demais, fica muito tempo parado na frente da tevê.

Ao ouvir aqueles comentários, lembrei de papai. Ele também costuma dizer que eu vejo televisão demais, como muito e não pratico esportes.

— Ainda bem — retruquei. — Se o Bichano andasse em forma, eu não estaria mais aqui.

— Por falar em gato, vou contar uma história para você. Era uma vez dois ratinhos, um muito guloso e um muito esperto. Certo dia resolveram assaltar a cozinha de uma casa. Ao chegarem, foram vistos pelo gato da casa, que se escondeu e deixou que eles comessem queijo à vontade. O ratinho guloso comeu o dobro do que o outro. Quando pararam de mastigar, o gato veio para cima deles. Os dois amigos correram para o buraco por onde haviam entrado. O que havia comido menos salvou-se, mas o guloso ficou entalado. E naquele dia, o gato comeu rato recheado com parmesão.

— Por que você me contou essa história boboca? O que é que eu tenho a ver com ela? — perguntei, contrariado. Eu não gosto de ouvir piadas sobre gorduchos.

— Porque você está um pouco robusto. Pode ser até que as ratinhas o considerem "fofinho" e queiram se encostar nos seus ombros macios, mas o excesso de gordurinhas também atrairá os gatos.

— Já não basta meu pai, que vive me enchendo? Agora também você vem me incomodar!

— Pais são todos assim: têm de marcar em cima porque vocês são uns folgados.

— Mas você não é meu pai!

— Num certo sentido, sou sim. Sou o rato mais velho desta casa e agora devo zelar por você. Se esse gato pançudo comer você, será uma tremenda desonra para mim. Nos últimos anos, graças a você, ele não matou um só dos nossos.

— Graças a mim? Como?

— Você sempre deu comida demais ao Bichano. Isso fez com que ele ficasse pesado, lento e preguiçoso. Por isso, agradeço a você em nome de todos nós.

— Nós? Há mais ratos nesta casa?

— Claro! Como somos bastante cuidadosos, nunca fomos descobertos. Sua ex-mãe não manda desratizar a casa há uns três anos. Quero dizer, não mandava. Depois que você fez a besteira de dormir naquela cama, certamente ela vai chamar o diabólico mata-ratos.

— Mas eu...

— Se algum dos nossos morrer, o culpado será você.

Por uns segundos, fiquei calado, pensativo. Eu nunca tinha feito nada que colocasse em perigo a vida dos outros.

— Mas mamãe pode não chamar o cara do veneno!

— Sua ex-mãe é agora a nossa inimiga número um. Ela fará tudo que puder para acabar com a nossa raça. Os humanos sabem que somos indestrutíveis, mas, ainda assim, insistem em nos atacar. Homens e mulheres odeiam ratos e baratas. Mas as mulheres odeiam ainda mais.

— Não, eles não vão acabar conosco!

— Muito bem. Você começa a agir como um dos nossos — disse Lalo. — Por esse motivo já posso apresentá-lo aos outros.

11

BANHO NA ÁGUA DO BACALHAU

Saímos dali nadando.

De repente, Lalo soltou uma gargalhada:

— Que modo maluco de nadar é esse, de barriga para cima? Como você consegue ver para onde vai, se fica com o focinho para cima?

— É o nado de costas, a minha especialidade — expliquei. — De quando em quando, eu dou uma espiada para trás. Ou seja, para a frente.

— Os humanos são muito complicados.

— Onde estamos? Isto aqui é um verdadeiro labirinto.

— Estamos perto do banheiro dos seus pais. Mais adiante está o cano por onde as águas descem para o térreo.

— Não estou vendo nada.

— Então, escute!

Eu me esforcei para tentar ouvir alguma coisa.

— Parece barulho de água pingando de uma torneira — eu disse.

— Prepare-se! Será uma queda brusca e violenta, como nos pesadelos.

O som crescia. Parecia agora uma pequena cachoeira.

Um instante depois, parei de ouvir as braçadas de Lalo. E, em seguida, escutei o estrondo de um corpo batendo na água.

— Vou com ele ou não? — eu me perguntei. — Será que não estou caindo numa armadilha?

Virando o pescoço e forçando os olhos, consegui ver a bocarra do cano que levava a água para baixo.

Quando quis parar, não consegui. Fui arrastado pela corrente. Despenquei. A queda foi numa velocidade fantástica: o estômago me subiu até a garganta.

— TCHIBUM!

Caí num poço de água muito fria. Afundei e emergi logo. Havia mais luz ali do que nos encanamentos do andar de cima. Naquele ponto se encontravam vários canos, maiores e menos escuros que os do andar superior.

— Agora, vou levar você para visitar uma família de ratos, os Cúrcio — anunciou Lalo, quando eu saí do poço.

Seguimos, então, por um cano largo. Ali, a água

dava pelo meio das minha canelas, se é que um ratinho tem canelas.

— Ande, rápido! — disse ele. — Estamos caminhando em direção à cozinha da casa. Reze para que não abram a torneira. Uma vez levei um banho com a água em que haviam deixado o bacalhau de molho. Fiquei fedendo por uma semana.

12

QUEM TEM MEDO DE SERES HUMANOS?

A família Cúrcio, que morava exatamente embaixo da cozinha da minha casa, era composta pelo pai, seu Zimo; pela mãe, dona Malba; e por dois filhos adolescentes: Éder e Altiva.

Moravam numa plataforma de cimento atulhada de quinquilharias. Latas de cerveja, copos de iogurte, embalagens de comida e caixas de cereais serviam como camas, mesas, cadeiras e armários.

Quando chegamos, eles estavam reunidos num canto da plataforma, onde não havia tralhas. Ali era a sala.

Seu Zimo e dona Malba ficaram muito contentes em nos ver. Éder olhou para mim e armou um sorriso debochado. Pelo canto do olhos, Altiva me examinou do focinho ao rabo.

— Sejam bem-vindos! — disse dona Malba.

— Acho que chegamos numa hora imprópria — desculpou-se Lalo. — Pelo jeito, vocês estavam no meio de uma reunião importante.

— Sim, Zimo e eu estávamos dando alguns conselhos aos nossos filhos.

— Conselhos, bah! Quem precisa de conselhos? — perguntou Éder, o focinho torcido.

— É isso aí. Eu já sei muito bem cuidar da minha vida — afirmou Altiva.

— Jovens não gostam de conselhos, eu reconheço — disse dona Malba. — Mas, mesmo assim, eu não me canso de falar para eles sobre os gatos, os novos tipos de veneno e as diversas armadilhas que os humanos usam contra nós.

— Quem tem medo de seres humanos? — perguntou Éder. — São tolos e preguiçosos.

— São tudo isso e mais: são malvados — retrucou dona Malba.

— Todo dia, temos essa mesma discussão, Lalo — explicou seu Zimo. — Essa garotada não quer ouvir o que a gente fala. Consideram-se espertíssimos. Ô, idadezinha perigosa, essa!

— Éder e Altiva poderiam entreter o nosso novo amigo enquanto conversamos um pouco — sugeriu Lalo.

— Está bem — concordou Éder. — Qualquer coisa é melhor que conversar com velhos. Vamos dar um giro!

13

O ÚNICO QUE NÃO SE ESTRESSA É O GAROTO

Altiva e eu seguimos atrás de Éder, que caminhava chutando a água.

— Aonde a gente vai? — perguntou a ratinha.

— Vamos assaltar a cozinha — respondeu Éder, engrossando a voz e enchendo o peito de ar.

Percebi que ele estava fazendo pose, botando panca de mau.

Dobramos à esquerda e entramos num cano mais estreito. Avançamos até um local por onde entrava muita luz. Reconheci o ralo da área de serviço.

— Façam cadeirinha para mim — ordenou Éder.

Altiva pegou as minhas patas dianteiras e, rapidamente, trançou suas garras nas minhas.

Éder, então, subiu para os nossos braços.

— Levantem-me — comandou.

Altiva e eu tivemos que fazer muita força para levantá-lo. Com o focinho, ele afastou o ralo.

Depois, agarrou-se na beirada do buraco e içou-se para fora. Em seguida, meteu sua cara emburrada na abertura e espichou a pata para Altiva:

— Não tenha medo. Está tudo calmo por aqui.

Em seguida, Éder me ajudou a subir:

— Olho vivo, cara! O gato da casa é um psicopata.

— A família que mora nesta casa come do bom e do melhor — disse Altiva. — O dono da casa é um cientista famoso e ganha muito dinheiro.

— Eu sei — respondi.

— Como que você sabe, cara, se não mora aqui? — perguntou Éder, intrigado.

Desconversei:

— E se o gato aparece, o que é que a gente faz?

— A gente corre — respondeu Altiva.

— O gato da casa é um otário que só vive comendo e vendo televisão deitado ao lado do dono dele, que também é um idiota — ajuntou Éder.

— Eu já escapei quatro vezes dele — exibiu-se Altiva.

— E as pessoas da casa? Elas não se importam com vocês? — perguntei.

— Claro que não! Elas não têm muito tempo para se preocupar com ratos — respondeu Éder. — Vivem correndo de um lado para o outro. Os velhos trabalham muito. Os jovens passam um tempo enorme na escola.

— Além de estudar, a menina faz hidroginástica, tem aulas de balé, de inglês e ainda cultiva bonsais — disse Altiva. E eu notei uma pontinha de inveja na voz dela.

— O único que não se estressa na casa é o garoto — continuou Éder. — Ele passa os dias vendo programas imbecis na televisão.

Um calorão de vergonha me tomou conta do rosto. Eu não estava gostando nada do que ele dizia a meu respeito.

— O garoto só levanta o bundão gordo para apanhar refrigerante na geladeira ou colocar pipocas no micro-ondas — continuou Éder.

— Quando não está vendo televisão, ele está jogando aqueles jogos sem graça no computador — concluiu Altiva.

Se ainda fosse um menino, eu estaria com as bochechas em brasa, mas como era um rato de pelo escuro, os outros não perceberam que eu estava envergonhado.

14

TODO HOMEM DEVE SER GENTIL COM AS MULHERES

Entramos na cozinha.

— Não estou com fome, mas vou roubar só para mostrar a essa gente que sou mesmo barra-pesada — disse Éder, todo exibido.

— Vamos pegar o quê? — perguntou Altiva. — Uma maçã?

— Vamos pegar logo três — disse Éder e, rápido, subiu pelas pernas de uma cadeira. Saltou para cima da mesa e correu até a cesta de frutas, no centro.

De lá, usando os dentes e o focinho, ele empurrou três maçãs, que caíram no chão com um barulho surdo. Depois, sempre a mil, ele voltou ao chão.

Eu achei que eles rolariam as maçãs para o buraco aberto na área de serviço, mas não foi isso que fizeram.

Altiva se deitou de costas no chão, com as patinhas para cima, ao lado de uma das maçãs. Com o focinho, Éder empurrou a fruta para cima dela, que ficou a equilibrá-la sobre as quatro patas. Parecia uma foca amestrada com uma bola de borracha.

Então, com os dentes, Éder pegou o rabo da irmã e saiu puxando. Altiva deslizava pelas lajotas. Num segundo, estavam na abertura na área de serviço. Jogaram por ela a primeira maçã.

Depois, transportaram as outras maçãs do mesmo modo. No fim, Altiva me perguntou:

— Você não quer pegar mais nada?

— Não estou com muita fome agora — desconversei.

Na verdade, eu estava morrendo de fome, mas não sabia o que pegar. Nem como carregar. Lembrei do meu pai, que diz: pior que roubar é roubar e não saber carregar.

— Desçam — comandou Éder. — Vou por último porque sou especialista em fechar bem este ralo.

Fui o primeiro a retornar ao encanamento. Mal caí, me levantei e estendi os braços — minhas patas dianteiras — para ajudar Altiva a descer.

Eu havia sido um ser humano e conhecia as regras do cavalheirismo. Sabia que todo homem deve ser gentil com as mulheres.

Altiva ficou surpresa. Ela não entendeu aquelas patas estendidas para ela. É claro que ela não precisava de ajuda. Era até mais ágil do que eu. Mas acabou compreendendo o meu gesto. Sei disso porque vi que o focinho dela, que era branquinho, ficou meio cor-de-rosa.

Rápido, recolhi minhas patas enquanto ela disfarçava o embaraço arrumando as maçãs.

Éder fechou o ralo com manobras de focinho. Depois, comandou:

— Agora, é encher a pança.

— Um rato esperto nunca enche totalmente a pança — disse Altiva. E, voltando-se para mim, perguntou: — O Lalo ainda não lhe contou a história do ratinho guloso?

— Contou — respondi, cravando os dentões na maçã. — Muito sem graça.

Só depois de quatro ou cinco enormes mordidas achei que devia comer com mais modos. Afinal, estava ao lado de uma linda ratinha, que me olhava de canto de olho.

— Pensando bem, acho que estou faminto — me justifiquei.

— Você mora onde? — quis saber Altiva.

— Aqui mesmo nesta casa, no andar de cima.

— Desde quando? Pensei que só o Lalo e o Beal morassem lá — intrometeu-se Éder.

— Cheguei faz pouco.

— Deve ser por isso que nunca ouvimos falar de você antes — disse Altiva.

— Lalo parece ser um coroa legal — desconversei.

— Claro que é — concordou Altiva. — O chato é o Beal. Vive se exibindo.

— Quem é Beal? — perguntei.

— Um babacão que vive dando em cima da Altiva. Quer namorá-la — esclareceu Éder.

— Eu, hein? Não quero nem papo com ele — estrilou a ratinha.

Ficamos por uns minutos em silêncio.

— Você come o quê, lá por cima? — indagou Éder.

— Pipoca, principalmente.

— É por isso que você está meio gordinho, como o garoto da casa. Aquela pipoca é gordurosa.

Olhando para minha maçã, que já estava acabando, Altiva comentou:

— Parece que você nunca comeu maçã.

15

O PIOR É NÃO PODER LIGAR A TEVÊ

Pouco depois, Lalo e eu nos despedimos dos Cúrcio.

— Voltem quando quiserem. Nossa casa está sempre aberta — disse dona Malba.

— Está aberta porque não tem portas — debochou Éder.

— Obrigado pela maçã — agradeci. — Qualquer dia, convido vocês para um banquete no primeiro andar.

— Desde que não seja de pipoca — brincou Altiva.

Na hora da despedida, cometi outra trapalhada. Estendi a pata dianteira direita para me despedir de Altiva. Lalo sorriu: só ele sabia que eu havia sido um menino.

Altiva percebeu meu gesto. Fez-se de desentendida, mas entendeu que era outro gesto de carinho. De novo ficou com o focinho rosado.

Para voltar ao andar de cima, tivemos de sair pelo pátio.

Começava a escurecer.

Depois de escalar um dos pilares da garagem, entramos por um cano de escoamento de água da chuva, tão estreito que senti falta de ar e até pensei em recuar.

— De volta ao lar doce lar — disse Lalo, quando chegamos a um cano mais largo.

Ali, o rato velho se virou para trás e me pegou pelos ombros. Olhou dentro dos meus olhos e perguntou:

— Quantos anos você tem? Quero dizer, quantos anos você tinha quando era um garoto?

— Doze anos. Por que você disse "quando era um garoto"? Eu não vou mais voltar a ser um menino?

— No momento, você é um rato. Concentre-se no que está acontecendo agora, esqueça o futuro e o passado. Quando era garoto, você namorava alguma menina?

— Eu, não! As meninas do colégio não querem saber da gente. Elas gostam dos garotos mais velhos. Por que você me pergunta isso?

— Porque me pareceu que você estava arrastando a asa para a Altiva.

— Como assim? — perguntei.

— Você está embeiçado, babão, caidinho, apaixonado.

— Eu, não!

— Não fique nervoso, meu caro. Essas coisas acontecem com todos. Ratos e homens.

Ele tinha razão. Quando era um garoto, eu nunca havia experimentado nada parecido com o que senti na frente de Altiva, quando trancei meus dedos nos dela. Eu nunca tinha sentido todo aquele calorão pelo corpo.

— Bem, agora temos de nos separar — disse Lalo, cortando meus pensamentos. — Vou recolher-me ao ninho. Sou um velho rato solitário, vivo escondido. Não gosto que saibam onde moro. Portanto, siga o seu caminho.

— Que caminho, Lalo? — perguntei, choramingando. — Não sei onde me enfiar. Você acha que eu conseguirei passar uma noite sozinho nestes canos escuros? Não seja malvado comigo.

— Você agora é um rato. E os ratos sempre dão um jeito.

— Os homens também acabam sempre dando um jeito em tudo. Mas eu ainda não sou um homem feito e nem me sinto um rato completo. Não me deixe só!

— O máximo que eu posso fazer é sugerir a você que arranje um esconderijo no seu antigo quarto. Agora ele está vazio.

— E o Bichano?

— Aquele gato é um palerma.

— Mas quase me matou.

— Se não quer ficar no quarto, vá para o banheiro. Agora, ele anda mais limpo. O menino que não dava descarga e respingava o chão de xixi deu o fora.

— Por favor, leve-me com você! Eu vou passar fome.

— Garanto que não. Você sabe muito bem onde encontrar comida nesta casa. Conhece todos os armários e geladeiras.

— Mas eu não vou conseguir abrir a porta deles!

— Então faça uma dieta. Você está precisando.

— O pior de ser rato é não poder nem ligar a tevê.

— Ratos não têm tempo a perder com televisão. Nossa vida é curta. Gastamos um terço do nosso tempo procurando comida, outro terço fugindo dos homens e dos gatos e o último terço dormindo para recuperar nossas forças — disse Lalo, e sumiu.

16

DEIXE DE BANCAR O POBREZINHO!

Depois de um curto intervalo agradável, a visita aos irmãos Cúrcio, eu estava de volta ao desespero.

Ratos verdadeiros não têm medo, mas eu sentia medo do escuro e de estar só naqueles canos. No fundo da minha alma, ainda era um menino.

Eu tentava não pensar, mas muitas perguntas se agitavam na minha cabeça:

Quando volto a ser menino?

E minha mãe? Como ficará quando descobrir que não viajei na excursão?

E a Mina? Terá quebrado algum dente ao dar de cara no chão?

Mas eu não podia me dar ao luxo de ficar respondendo essas perguntas. Tinha de agir. Ratos não gastam energia filosofando. Eu precisava urgentemente encontrar um abrigo.

Ao olhar à esquerda, vi que havia um ponto mais bem iluminado adiante. Fui para lá.

Logo notei que estava de volta ao escoamento do meu antigo banheiro. Dali podia ver a luz que iluminava a água do vaso. Os encanamentos da minha casa formavam um labirinto, que eu só dominaria quando me tornasse mesmo um rato.

Olhei em volta e não vi nada de perigoso. Decidi tirar uma outra soneca. Lalo tinha razão: ratos dormem sempre que podem. Procurei um canto para me acomodar.

De repente, notei que alguma coisa se movia rapidamente na água. Levei um susto danado: fiquei sem ar, sem voz, sem movimentos. Parecia um monstro peludo.

Na verdade, era um grande rato marrom, que, pondo o focinho para fora da água, me perguntou:

— Quem é você?

— Rodrigo.

— Nome estranho para um rato. O que faz por aqui?

— Bem, moro aqui.

— Você está maluco? Aqui moro eu, há muito tempo. E nunca vi seu focinho, nem mais gordo nem mais magro!

Saindo da água, ele se colocou na minha frente. Era muito mais alto e mais forte do que eu. Me olhava de cima para baixo, com cara de mau.

— Pensando bem, sua fuça não me é estranha.

— Moro aqui no quarto ao lado — remendei.

— Quer dizer, então, que você é amigo do garoto

bundão e do gato trapalhão? Se é amigo deles, você é meu inimigo!

— Que nada! O gato tentou me matar hoje. Eu vivia... eu vivia dentro do armário do garoto — menti. — Como o gato me descobriu, fugi pra cá. Acho que a gente podia dividir este espaço até que eu arranje outro lugar.

— Não divido nada com ninguém! — chiou o ratão. E bateu no peito com a pata dianteira direita. — Este pedaço de esgoto é meu. Só meu.

Baixei a cabeça pronto para ir embora.

— Meu nome é Beal — continuou o ratão. — Vivo aqui sozinho. No futuro, também viverão aqui minha mulher e meus filhos. Aliás, por falar nisso, desde já você está convidado para o meu casamento. Pretendo me casar com uma ratinha que vive no andar de baixo. Agora, trate de ir dando o fora.

Ele lembrava um garoto da minha escola de natação, um galalau de músculos duros e miolos moles. O nome dele é Adão, mas é mais conhecido pelo apelido: Adãobolizante.

— Já que é assim, volto para o meu quarto — disse e me encaminhei para o vaso.

— Olho vivo. O gato é tolo, mas sanguinário.

— Talvez ele me trate melhor do que você, que é meu irmão de raça.

— Deixe de bancar o pobrezinho! Todo rato sabe se virar sozinho. A menos que você não seja um rato.

— Claro que sou um rato! Vou me esconder no armário.

— Não precisa se preocupar com o garoto da casa. O máximo que ele fará é jogar um saco de pipoca em cima de você — disse Beal, e soltou uma risada.

— Ouvi dizer que é um garoto de bom coração.

Ele não me negaria, como você, um cantinho para dormir.

— Nunca vi um rato tão chorão quanto você! — esquentou-se Beal. — Suma da minha frente!

Fazendo força para não cair no choro, escalei o ressalto que me levaria ao vaso.

17

RATOS NÃO PRODUZEM NADA

— Cataplum!

Senti alívio ao cair na água azulada do vaso. Que maravilha era a luz forte que jorrava da lâmpada do banheiro! Naquele momento, percebi o quanto odiava a escuridão e a umidade dos encanamentos.

Minha felicidade durou um nadinha.

Lembrei que estava de novo nos domínios de Bichano, meu ex-gato de estimação, meu atual inimigo.

Senti um frio na boca do estômago e aquele frio me deu vontade de fazer... cocô.

Escalei a porcelana e, lá em cima, sentado na borda do vaso, exatamente como quando era um garoto, eu me preparei para fazer o que fazia todos os dias, depois do café da manhã.

Mas, de repente, me lembrei de que não devia sujar aquela água, onde talvez viesse a mergulhar de novo. Assim, me virei e deixei cair minha... carga no ladrilho do banheiro.

Depois, desci do vaso e andei para o quarto. Eu estava superligado. Vinha com as narinas bem abertas para perceber a aproximação do gato.

No quarto, tudo estava em silêncio. O radiorrelógio marcava seis horas da tarde.

— Mamãe e Mina devem estar chegando da aula de hidroginástica — murmurei.

Dito e feito. Em seguida, ouvi os passos delas na escada. E a voz meio fanhosa da Mina:

— A essas horas aquele enjoado do Rodrigo deve estar bem longe, não é, mãe?

— Já devem estar chegando lá. É uma viagem de três horas.

— Onde mesmo é que a turma dele vai acampar?

— Santo Antônio da Água Quente. Lá tem florestas, cachoeiras e piscinas de águas térmicas.

— Mãe, você acha que o preguiçoso do Rodrigo vai andar pelo meio do mato, vai se molhar nas cachoeiras e nadar nas piscinas de água quente?

— Sei lá. Pensando bem, acho que não.

— Se ele não gosta de exercícios físicos, por que viajou?

— Porque todos os colegas dele foram. E a excursão não se resume a caminhadas. Tem piscina no hotel...

— E videogame, computador, televisão!

— Pare de se meter na vida do seu irmão, menina!

Quando elas chegaram ao segundo andar, Mina convidou:

— Mãe, vamos ver se aquele rato asqueroso voltou ao meu quarto?

— Que nada, menina, vá tomar seu banho!

— Mãe, o que você faria se o rato reaparecesse?

— Eu gritaria tanto que rebentaria os tímpanos do cretino.

— Deixa de brincadeira, mãe! O que é que você faria?

— Não quero mais saber de ratos, hoje. Ratos não produzem nada, a não ser outros ratos.

— Mas os ratinhos são usados nas experiências de laboratórios.

— Grande coisa, Mina! O que rato produz muito é doença. Amanhã, cedinho, vou chamar a empresa de desratização. Agora, banho!

— Claro que vou para o banho. Odeio o cheiro nojento de cloro no maiô, na pele, nos meus cabelos — disse a minha irmã.

— Eu também. Vamos tomar banho.

18

O ENORME PRAZER DE SE EMPANTURRAR

Olhei de um canto a outro e não achei um lugar onde pudesse me esconder. Bichano me encontraria onde quer que eu me enfiasse. Melhor voltar para os canos.

De repente, me lembrei de que tinha no roupeiro uma bela barra de chocolate com nozes. Minha boca se encheu de água.

Eu devoro uma barra daquelas de uma só sentada, apesar da dor de barriga que vem sempre depois. Mas o enorme prazer de me empanturrar vale as correrias ao banheiro.

— Agora sou um rato e a barra deve ter cinco vezes o meu peso. Com a ajuda do Éder, eu poderia levar o chocolate daqui com facilidade... Mas, em compensação, teria de repartir com ele.

Felizmente a porta do guarda-roupa estava aberta. Lembrei de outra das frases prediletas de mamãe:

— Não sei por que roupeiro tem portas. Nunca vi um adolescente que fechasse uma só porta!

Pelos puxadores das gavetas, subi até onde estava o chocolate, guardado dentro de um saco plástico. Com minhas habilidosas patinhas dianteiras, abri o arame plastificado que fechava a boca do saco, me enfiei para dentro dele e rasguei a embalagem.

— Chocolate é muito melhor que maçã.

Comer como rato é melhor que comer como humano. Eu podia devorar o chocolate a mil por hora, sem preocupação de mastigar, e me lambuzando todo. Quando garoto, tinha de aturar minha mãe dizendo:

— Que modos são esses, Rodrigo? Comporte-se! Mastigue bem. Não lambuze o nariz.

Em segundos, devorei um belo pedaço da barra. Poderia comer mais um pouco, mas lembrei da história do ratinho guloso. Fechei o saco.

Aí, de novo, me voltou o medo. Eu sentia necessidade de retornar imediatamente à escuridão. Lá era o meu lugar.

Precisava dar o fora o quanto antes porque, nos fins de tarde, Bichano volta para casa a fim de ganhar salsicha picada.

— Vou, mas levo o resto do chocolate comigo.

Fazendo força com o focinho, empurrei para fora do roupeiro o saco com a barra de chocolate.

Desci até ele e tentei arrastá-lo em direção ao banheiro, mas não consegui. Era pesado demais. Assustado, olhei para os lados. Precisava sair dali o mais rápido possível.

19

EU ME LAMBO TODO POR CHOCOLATE

Tive, então, uma ideia genial.

— O caminhão de bombeiros!

Corri para baixo da minha cama, onde funciona a garagem dos meus carrinhos de controle remoto.

Com as patinhas da frente, peguei um dos controles e fiz com que o caminhãozinho de bombeiros fosse até o saco com o chocolate. Depois, fiz baixar a escada.

Apanhei um pequeno gancho que tinha na escada e o enfiei na ponta do saco. Naquele momento, eu já era mais habilidoso com minhas patas do que era, antes, com as mãos.

Voltei ao controle e levantei a escada. Pronto, o chocolate ficou pendurado lá no alto. Fiz com que o caminhãozinho fosse até o vaso sanitário.

No banheiro, mexi as alavancas de um jeito que o saco passou por cima da borda e ficou suspenso sobre a água.

Depois, subi até o alto da escada e comecei a roer o barbante que segurava o gancho. Eu trabalhava a toda, usando meus dentes da frente.

No ano passado, fiz um tratamento para alinhar os meus dentões, que ficavam para fora da boca. Naquele tempo, me chamavam de ratão, limpa-trilhos, castor, rala-cenoura.

— Felizmente, Deus me fez dentuço.

De repente, senti mais uma vez a catinga de Bichano. Ele vinha do térreo. Mas não caminhava, como da outra vez. Corria.

— O danado está com fome e com raiva.

Ainda me faltava roer um pedacinho do barbante.

— Será que dá tempo de acabar?

Não, não deu porque Bichano surgiu desembestado na porta do banheiro. Ficou abobalhado quando me viu no alto da escada do caminhãozinho. Em seguida, voou, com raiva.

Quando Bichano saltou, eu tive uma ideia. Simplesmente, passei da escada para o saco plástico.

O truque funcionou. Meu peso arrebentou o barbante roído e eu caí, abraçado à barra de chocolate, dentro do vaso.

O gato cruzou voando por cima do vaso. No ar, deu uma patada, mas suas unhas cortaram apenas o ar. Ele se desequilibrou e acabou batendo com as patas traseiras na borda do vaso.

Com medo de molhar seu pelo na água, ele se jogou para a frente e acabou enterrando o focinho no ladrilho.

— Maldito rato! — gritou ele, na miada linguagem dos gatos. — Você não perde por esperar. Da próxima, não escapa.

Mergulhei e por baixo da água levei a barra de chocolate até o outro lado. Lá, antes de botar a respiração em ordem, escutei uma voz grossa que me perguntava:

— De volta, já? O que você tem aí, moleque? É de comer?

Era Beal, o ratão que tinha me expulsado pouco antes.

— Barra de chocolate — respondi num sopro.

— Eu me lambo todo por chocolate — disse ele, passando a língua pelos beiços. — Posso saber o que você vai fazer com ela?

Refleti bastante antes de responder:

— Vou colocá-la em um lugar seguro.

— Este é o lugar mais seguro da casa. — Beal apontou o que antes havia chamado de "meu pedaço". — Pode acampar aqui, meu caro amigo.

Não acreditei naquelas palavras amistosas. Mas, mesmo assim, resolvi descansar um pouco ali.

20

O SACO DAS BOBAGENS

Eu estava abraçado na barra de chocolate, quase pegando no sono, quando ouvi um novo grito.

— AAAAAIIIIIIIIII, JESUSSSSSSSSSSSS!

Reconheci logo a voz de mamãe.

— Mina, venha cá! Estou no banheiro do Rodrigo!

Logo chegou a encrenqueira da minha irmã:

— Que foi agora, mãe?

— Você está vendo isso aí no chão, menina?

— Claro. É o quê?

— Cocô de rato!

— Você tem certeza, mãe? Não é cocô de barata?

— Só se fosse uma barata do tamanho de um rato para fazer um cocozão desses, menina!

— Mãe, você está querendo dizer que...

— Isso mesmo: aquele rato ainda está aqui em casa.

— Mas por que ele fez cocô aqui? Será que ele tentou usar o vaso e errou?

— Sei lá! Vá perguntar ao rato.

— Mãe, como o Rodrigo é relaxado! Como é que ele pôde deixar um caminhão de bombeiros caro como esse aqui no banheiro?

— Engraçado! Este caminhãozinho não estava aqui quando a gente saiu. Negócio estranho.

— Mãe, você acha que o rato pode ter usado o caminhãozinho do Rodrigo para subir até o vaso?

— Mina, hoje você abriu mesmo o saco das bobagens! Daqui a pouco seu pai chegará do trabalho. Vou pedir a ele que dê um jeito no rato, hoje mesmo.

21

BOA MORTE PARA VOCÊ, OTÁRIO!

Enquanto mamãe e Mina conversavam no meu banheiro, Beal, da outra ponta da plataforma, me olhava com cara de bobo.

Não parecia interessado na conversa delas. Toda a atenção dele estava concentrada na barra de chocolate. Minha barra de chocolate. De vez em quando, seus bigodes tremiam de gula.

De repente, uma terceira voz surgiu no meu banheiro:

— Ué, o que vocês estão fazendo juntas aqui? — Era o meu pai. — Parece até que viram um fantasma!

Agarrado ao chocolate, senti meu coração disparar de esperança. Papai é um cara superinteligente. Pensei assim: logo ele vai descobrir que eu virei um ratinho e vai arranjar um jeito de me fazer voltar a ser menino.

— Um fantasma, não. Muito pior, vimos um rato! — disse Mina.

— Como apareceu, quando e onde?

Papai é um cara superagitado. Com ele não tem conversa mole. Ele vai direto ao centro das coisas.

Tim-tim por tim-tim, a chata da Mina contou a confusão no quarto dela e mais o caso do cocozinho fora do vaso.

— Vou acabar com a raça dele, já! — disse meu pai. — Nunca rato nenhum fez cocô num dos meus banheiros!

Senti um suor frio no focinho. Papai é um cara que nunca deixa nada para depois. Quer tudo resolvido na hora, com eficiência. E parecia disposto a acabar comigo.

Minha mãe se meteu na conversa:

— Calma, querido. Vou chamar a empresa de desratização amanhã.

— Amanhã pode ser tarde demais. Os ratos podem ter comido a casa inteira. Vou caçá-los agora mesmo! Esperem-me aqui que eu já volto.

Passaram-se alguns minutos. Na outra ponta da plataforma, Beal roncava. Devia estar economizando forças para a hora em que me tomaria o chocolate.

De repente, recomeçou a conversa no meu banheiro.

— Vejam — disse papai. — Um tubo de inseticida e uma garrafa de desinfetante.

— O que é que você vai fazer com isso, pai? — perguntou Mina.

— Vou iniciar uma violenta guerra química contra o rato que fez cocô neste banheiro. Veja! Primeiro, despejo bastante desinfetante no vaso.

— Para que serve o desinfetante, pai?

— Para causar mal-estar ao rato.

Logo, escutei o ruído do desinfetante caindo na água. E, imediatamente, senti um cheiro enjoativo.

Eu precisava sair dali imediatamente, mas não podia deixar minha barra de chocolate. Tinha de bolar um jeito de levá-la comigo.

Desde pequeno, eu vivo inventando coisas. Deve ser herança genética do meu pai, que é inventor de máquinas e robôs. Se dou de cara com um problema, logo descubro uma solução.

Então, imaginei um plano. Primeiro, soprei um bocado para dentro do saco. Depois, usando as patinhas, dei um nó bem apertado na boca dele.

— O que é que você está arquitetando? — perguntou Beal, que havia acordado com o meu sopro. O ratão estava assustado, sentia que podia perder o chocolate.

— Você já vai ver — respondi.

Empurrei o saco para o meio do cano. Aconteceu o que eu imaginava: o saco flutuou na água.

— Tchauzinho — eu disse.

Saltei na água, cravei os dentes na ponta do saco e saí nadando de costas.

Ao ver que eu conseguia transportar a barra de chocolate, Beal resmungou:

— Vá ser esperto assim nos quintos do inferno!

E acrescentou, desconfiado:

— Ou você é um rato excepcional ou é um...

E rosnou, invejoso:

— Não invente de se exibir para a Altiva que eu rebento a sua fuça.

Quando ele falou aquilo, decidi levar o chocolate para comer junto com a família Cúrcio, que me havia recebido tão bem.

Então, papai acionou a descarga.

A água do encanamento passou a fazer marola, empurrada pela descarga. Logo eu senti o mesmo cheiro que sentia quando a faxineira lavava o chão dos banheiros e da cozinha. Desinfetante.

— Será que esse negócio vai me fazer mal? Claro que vai!

Pus o cérebro para funcionar e logo ele arranjou uma saída.

— Só tem um jeito: ficar em cima do saco plástico.

Foi o que fiz. Escalei o saco e fiquei meio entalado lá em cima, com as costas apertadas contra a curva do cano. Era uma posição desconfortável mas que me livrou da água com desinfetante. Tive um primeiro ataque de tosse.

De repente, o saco foi sacudido.

Era Beal, que passava a toda, espremido entre a parede do cano e o saco.

— Boa morte para você, otário ! — ele gritou.

E seguiu em frente, nadando em alta velocidade.

Pensei em fazer o mesmo, mas desisti. Eu não conseguiria nadar na velocidade dele e acabaria me afogando no desinfetante.

— Meu pai é fogo! Agora, estou ralado.

Eu estava sofrendo, mas sentia orgulho da inteligência do meu pai.

22

O ENVENENAMENTO É UM PROBLEMA DE QUÍMICA

Entalado naquele cano, mal acomodado, eu tentava escutar os sons que vinham do meu banheiro.

Minha audição de rato era bem melhor do que a de quando garoto, mas eu não conseguia ouvir direito o que diziam. De repente, a conversa parou e eu escutei um sopro para dentro do ralo.

Aquele barulho lembrava um chiado de serpente.

— Caramba, será que papai enfiou pelo ralo uma cobra venenosa para me matar?

Um frio me percorreu a espinha de cima a baixo.

— Não, claro que não. Onde teria arranjado o bicho a esta hora?

Logo senti o cheiro: era inseticida.

E compreendi o plano dele. Como sabia que os ratos iam tentar fugir do desinfetante indo para um lugar mais alto no encanamento, meu pai deu um jato de inseticida no ralo. Mais leve, o inseticida iria para cima e acabaria nos sufocando.

Meu pai é um gênio, eu pensei.

Para me proteger do ataque dele, bolei uma defesa. Coloquei as patas em cima do focinho. Os meus pelos iam funcionar como filtros de ar.

Os segundos passavam e eu me sentia cada vez mais enjoado.

Mergulhei num soninho leve, mas os meus sentidos permaneciam ligados. Percebi que os dois ruídos —

o da descarga e o do jato de inseticida — se repetiram.

— Papai agora está no banheiro da Mina.

Aos poucos, a mistura dos dois cheiros foi tornando irrespirável o ar no cano.

— Eu só não posso é desmaiar. Se desmaio, caio na água e morro afogado.

Escutei uma terceira descarga.

— É meu pai, de novo. Agora, no banheiro dele.

O estranho é que eu não sentia raiva de papai. Se fosse ele, eu também estaria fazendo de tudo para matar o rato.

— Espero que o estoque de desinfetante e inseticida da casa acabe logo.

Tive, então, um ataque de riso. Era a primeira vez que ria como um rato. Era uma gargalhada nervosa, sufocada, mas gostosa.

— Se eu sair vivo daqui e puder contar isso tudo ao meu pai, ele vai morrer de rir.

Apertei as patas contra as narinas.

— Sou um homem ou sou um rato? Se sou um ser humano, esse veneno não vai acabar comigo. Mas se sou apenas um rato, vou dançar.

Na escola, o professor tinha ensinado que a morte por envenenamento é um simples problema de química. É preciso estabelecer a relação entre a quantidade e a potência do veneno e a massa do corpo do envenenado. Assim, uma dose que mata um menino pode não matar um homem.

— Será que, neste momento, tenho a massa do corpo de um garoto ou a de um ratinho?

Então, um novo pensamento sombrio me veio à cabeça:

— Papai não vai me deixar escapar tão facilmente. Quando cria uma nova máquina, ele testa vários modelos até chegar à perfeição. Assim, enquanto não me matar, vai continuar tentando.

Comecei a chorar. De medo de morrer, mas também de emoção. Sentia uma saudade danada do meu pai. Ele é meio esquisitão, mas é o meu maior amigo.

— Papai não vai ficar só no desinfetante e no inseticida. Vai usar algum outro recurso.

23

ONDE HÁ LUZ HÁ SALVAÇÃO

Aí, comecei a tossir sem parar.

O filtro feito com o pelo das patas já não estava funcionando.

Entrei em pânico. Sabia que aquela tosse seca anunciava mais um ataque de asma.

A falta de ar logo se tornou intensa.

Eu sofro de asma desde quando tinha quatro anos. Basta que eu entre num lugar muito úmido, mofado ou empoeirado para desencadear uma crise.

Concentrei toda minha vontade em arranjar um pouco de ar para os pulmões. Queria até parar de pensar, mas não consegui. Durante os ataques de asma, meu cérebro dispara, funciona a mil.

— Se eu soubesse a massa do meu corpo, a quantidade de veneno no ar e o total da área interna dos canos, poderia calcular quantos minutos ainda teria de vida.

Em seguida, vi umas imagens desencontradas. Eu me enxerguei bebê, num berço, olhando invejoso para a minha irmã, que cavalgava no lombo do Bichano. Vi meu pai debruçado sobre um livro imenso cheio de fotografias de máquinas que soltavam jatos de fumaça escura. Vi minha mãe colocando para assar no forno o corpo de um ratinho, estendido numa bandeja de prata com um morango entre os dentes.

— Estou tendo alucinações.

Nos ataques de asma, eu sempre durmo profundamente. Mas, ali, eu não podia adormecer, sob pena de morrer.

— Tenho de sair daqui! Mas para onde?

De repente, a resposta me veio de mão beijada. Abri os olhos e vi uma luz forte.

— Onde há luz há salvação.

Eu tinha lido essa frase num gibi que contava uma história passada nos subterrâneos de uma grande cidade.

Resolvi ir até aquela luz. Não tinha mais nada a perder.

— Se posso escolher entre morrer num lugar escuro ou num iluminado, prefiro o iluminado.

Devagarzinho, escorreguei do saco.

Ao entrar em contato com a água, que ainda tinha muito desinfetante, meu pelo se tornou pegajoso.

Saí nadando de costas. Bem devagarinho porque estava quase sem fôlego.

— Chego lá ou morro antes?

Depois de uns minutos, que me pareceram horas, alcancei um lugar onde pude descansar. Era uma plataforma.

Totalmente zonzo, sufocado, esgotado, eu não percebi que tinha voltado para o refúgio de Beal. Eu sabia apenas que estava perto de um dos banheiros da casa.

A água azulada do vaso me lembrou a piscina da escola de natação. Imaginei que o banheiro estaria quente por causa de um banho recém-tomado. E o vapor de chuveiro é o que mais me alivia quando estou com asma.

— Seja o que Deus quiser!

Mergulhei.

24

UM PAI MUITO DESAJEITADO

Mergulhei com tanta vontade que saí da água e, no embalo em que vinha, escalei a parede inclinada do vaso.

Só parei em cima da borda.

Ofuscado pela luz forte, demorei a enxergar três pessoas entaladas na porta do banheiro. As três estavam gritando. O do meio era um homem magro e alto que tinha uns olhos arregalados atrás das lentes dos óculos. Reconheci nele o meu...

— Pai!

O meu guincho só fez aumentar o berreiro de mamãe e Mina.

— Papai! — gritei de novo, feliz.

Foi aí que notei que meu pai tinha acima do ombro direito, levantado bem alto, um taco de beisebol. Um taco que ele me havia trazido dos Estados Unidos e que eu nunca tinha usado.

Sempre berrando, mamãe e Mina recuaram para dentro do quarto. Na porta só ficou o...

— Paizão!

Quando dei meu terceiro guincho, ele baixou o porrete.

O taco de beisebol veio em alta velocidade na reta da minha cabeça. Uma fração de segundo antes de virar carne moída, saltei para o chão. O bastão de madeira pegou na borda do vaso, fazendo voar lascas de porcelana para todos os lados.

A parte da frente do vaso arriou. A água da cuba jorrou como cascata e me arrastou. Fui parar no meio dos pés de papai. Ele recuou horrorizado.

E, de novo, baixou o porrete, que bateu contra a moldura da porta. Foi uma senhora pancada. A força era tanta que o bastão escapou das mãos do meu pai e caiu no próprio cocuruto dele. O coitado quase foi a nocaute.

— Ajudem papai! — gritei.

Em vez de socorrer o velho, mamãe e Mina correram para cima da minha cama e passaram a berrar ainda mais alto. Sapateavam feito loucas. Fiquei tão entretido olhando o barraco que elas estavam armando que nem vi quando meu pai pegou de volta o taco.

O terceiro golpe que ele deu acertou no pé de tênis. O tênis chulerento bateu em cheio no meu

peito. Doeu uma barbaridade. Dei várias cambalhotas e acabei debaixo da minha escrivaninha.

— Não, querido!

Escutei o grito de mamãe e, em seguida, o estrondo do porrete contra o tampo da mesa:

— BLAM!

Eu me enfiei no primeiro buraco escuro que encontrei debaixo da mesa. Na verdade, o buraco era o cano do outro pé do meu par de tênis. Aquele tênis fedia quase tanto quanto a mistura de desinfetante com inseticida.

De qualquer jeito, eu tinha um motivo para comemorar: felizmente, meu pai é muito desajeitado.

Mamãe insistia:

— Querido, você vai destruir a escrivaninha.

— BLAM! — Em resposta, papai mandou outra cacetada na lateral do móvel.

Notei, então, que com o susto meu ataque de asma tinha ido para o beleléu.

— Pegue uma vassoura, querido, ou você acaba com o quarto do Rodrigo — disse mamãe.

— Rodrigo? Onde anda esse menino? Está vendo tevê, dormindo ou comendo?

— Nenhuma dessas três coisas — explicou mamãe. — Você não lembra que ele ia viajar hoje para Santo Antônio da Água Quente?

— Ele levou remédio contra picadas de abelhas, de mosquitos e de cobras? Estojo de primeiros socorros?

— Não sei, não revisei a mochila dele — respondeu mamãe, contrariada.

Como muitos cientistas, papai é um cara superdesligado. Nunca presta atenção no que acontece à volta dele. Vive no mundo da lua, sempre pensando nas máquinas que inventa.

25

O QUE HÁ DE ERRADO COM A MOCHILA DO GAROTO?

— Querido, nunca pensei que você fosse tão violento! — disse mamãe.

— Violento? Mal cheguei em casa, vocês me encheram a cabeça com a história do rato. Disseram que ele tentou comer vocês duas e que depois borrou no chão do banheiro do Rodrigo só para me desafiar.

— Mas, sinceramente, matar um ratinho com um taco de beisebol é uma coisa inaceitável!

— Mas você deu vassouradas nele! — retrucou papai.

— Não é a mesma coisa. Além disso, você botou veneno no ralo, Leonel — sempre que minha mãe está contrariada, chama papai pelo nome.

— Como você pensa que o mata-ratos acaba com os ratos, querida? Dando queijo provolone assado para eles?

Mamãe não respondeu.

— Depois dessa, só me resta tomar o meu banho em paz — resmungou papai e saiu do quarto pisando firme.

Mamãe e Mina ficaram caladas por uns segundos. De repente, em voz bem baixinha, Mina disse:

— Mãe, estou impressionada com esse ratinho. Parece que ele queria nos dizer alguma coisa.

Mamãe respirou fundo, antes de responder:

— Pois é. Senti a mesma coisa.

— Até que ele era bem bonitinho, gorduchinho. Um ratinho especial.

— É. Teve uma hora em que ele pareceu fazer o sinal da cruz. Você percebeu, Mina?

Minha irmã não respondeu. Apenas fungou, meio chorosa.

Os minutos se passavam e elas não saíam do quarto. Dentro do pé de tênis, eu estava sufocando.

Pensei: o destino quer mesmo que eu morra envenenado. Ou inseticida ou chulé.

De repente, um novo berro explodiu:

— AAAEEEIIIOOOUUU!

Entrei em pânico. O grito era de mamãe. Mas por que ela estaria berrando? Havia outro rato no quarto? Quem seria ele?

Mina tentava acalmar mamãe, mas não conseguia.

Então, chegou papai, perguntando:

— Onde está o rato?

— Olhe dentro do armário — murmurou mamãe, sem fôlego.

— O rato está no armário? Claro, como não pensei nisso antes? Ele deve ter um ninho aqui.

— Não é o rato — disse minha mãe. — É a mochila do Rodrigo!

— O que há de errado com a mochila do garoto? — meu pai perguntou.

— Ora, o cabeça-oca do Rodrigo deve ter esquecido a mochila em casa — intrometeu-se Mina. — Foi viajar com os colegas, mas esqueceu a mochila.

— Não — disse mamãe, a voz sumida. — Ele não viajaria sem mochila. Algo muito grave deve ter acontecido com ele.

Houve um minuto de silêncio. Eles deviam estar meditando sobre o mistério da mochila esquecida no armário.

Por fim, minha mãe disse:

— Preciso ligar imediatamente para o guia da excursão. O cartão dele, com o número do telefone celular, está aqui.

Mamãe tinha pedido que eu deixasse o cartão do guia em cima da minha escrivaninha.

Logo ouvi os estralinhos das teclas do telefone do meu quarto:

— Alô! Quem fala? Leleco, aqui é a Sônia Lima, mãe do Rodrigo. Ele embarcou sem a mochila, não foi? O quê? Como assim? Ele não está aí com vocês? Não apareceu até a hora da saída da excursão? — Minha mãe estava aos gritos. — Por que você não me ligou? Achou que ele havia desistido, é? Como ele iria

desistir se passou um mês me infernizando por causa dessa viagem? Como ele iria desistir, se já estava com a mochila pronta há uma semana?

Aí, mamãe bateu com o telefone no gancho.

— Quer dizer que ele não embarcou, querida? — perguntou papai. A voz dele estava fraquinha, assustada.

— Não. Viajaram sem ele. Acharam que ele tinha desistido.

— Querida, temos de avisar a polícia. Imediatamente!

— Por que não olhei o armário quando voltei do supermercado? A culpa é minha! — lamentou-se mamãe.

— Você não poderia imaginar que o Rodrigo...

— Onde estará o meu filhinho a essa hora?

— Ele deve estar bem — disse papai, sem muita convicção.

— Mãe, será que ele não deixou um bilhete? — perguntou Mina.

— Se ele tiver fugido, esquentarei o traseiro dele quando ele voltar — anunciou papai.

— Nem fale nisso, que eu enlouqueço. O Rodrigo é um menino maravilhoso. Ele não fugiria, de jeito nenhum.

— Mas o certo é que ele sumiu. Vou ligar para a polícia.

26

UM POLICIAL PIADISTA, METIDO A ENGRAÇADINHO

Papai, mamãe e Mina estavam tão desatinados que nem se lembraram de sair do meu quarto. Podiam ter ido para a saleta de tevê ou para o salão lá embaixo. Resultado: fui obrigado a ficar escondido no pé de tênis.

A polícia não demorou porque a delegacia fica pertinho.

— Vocês sabem por que a polícia anda sempre de sirene ligada? — perguntou papai, quando chegou a viatura.

— Não — respondeu Mina.

— Para dar tempo de os bandidos fugirem — disse papai, soltando uma risadinha. — Fiquem aqui que eu vou lá embaixo recebê-los.

Aproveitando a saída do meu pai, deixei o tênis sufocante e escalei a lateral da minha escrivaninha. Mamãe e Mina estavam de costas para mim. Da mesa pulei para a estante de livros e subi até lá em cima. Dali, escondido atrás de um livro de Monteiro Lobato, eu podia ver todo o quarto.

Pouco depois, chegaram meu pai e o delegado, que era baixote e gorducho.

— Meus cumprimentos, dona Sônia — disse o policial, ao entrar. — Sou o delegado Sintra, da Delegacia do Menor e do Adolescente. Quer dizer que seu filho sumiu?

— Sim.

— É comum — continuou o policial. — Todo dia somem uns cinco ou seis moleques nesta cidade. Mas só alguns pais dão queixa. A maioria espera. Os garotos voltam quando bate a fome.

— Quase morro só de pensar que meu filho possa estar passando fome — disse mamãe. — É tão meigo e indefeso.

— O garoto de vocês é comilão? — perguntou o delegado. E os olhos dele correram pelo quarto, procurando uma geladeira.

— Come bem — respondeu minha mãe, seca.

— Mais do que deveria — acrescentou meu pai.

— Ótimo. Os glutões retornam mais cedo — comentou o policial.

— Vivo insistindo para que ele faça ginástica — disse papai.

— Ginástica demais faz mal! — O delegado torceu o nariz. — Por acaso o garoto saiu-se mal no colégio?

— Por que o senhor pergunta isso? — quis saber minha mãe.

— Certos pais ameaçam os que tiram notas baixas. Para evitar palmadas no traseiro e puxões de orelha, eles metem o pé na estrada quando recebem o boletim.

— Não. A gente não o castiga. E ele tira notas bastante boas — disse minha mãe.

— Boas, em termos — meteu-se papai. — Raramente ele consegue um dez, como eu gostaria.

— Vocês não vão discutir as notas do Rodrigo agora, vão? — perguntou Mina.

De início, eu não tinha gostado da cara do policial, mas depois notei que ele era piadista, metido a engraçadinho.

— A que horas o garoto sumiu?

— Quando minha filha e eu saímos para o supermercado, às duas horas, ele dormia na saleta de tevê.

— Dormia? Não estaria fingindo, dona Sônia?

— Claro que não! Quando voltamos, pelas quatro horas, ele não estava mais. Notei que a tevê continuava ligada, mas não me surpreendi muito porque é comum ele se esquecer de desligá-la. Calculei que já tinha ido à escola, apanhar o ônibus da excursão...

— Que excursão?

— Excursão para Santo Antônio da Água Quente.

— Nunca vi moleque fugir em dia de viagem — resmungou o delegado. — Bem, garotos são mais espertos que o Diabo. Se ele fugiu às duas horas, já pode estar até no exterior...

— Não me assuste, doutor! — disse minha mãe.

— A senhora notou algo de estranho na casa ao chegar?

A metida da Mina berrou:

— Sim! Nós vimos um ratinho.

— Esqueça o rato, filha — ralhou papai. — Não se meta na conversa dos adultos.

— O ratinho, por acaso, era parecido com seu irmão? — perguntou o policial, sempre gozador.

Mamãe e Mina trocaram um olhar esquisito.

— Dona Sônia, a senhora, por acaso, já verificou se falta dinheiro na sua bolsa? — continuou o delegado. — Mesmo quando estão muito revoltados com os pais, os malandros nunca se esquecem de apanhar um dinheirinho extra na hora de fugir.

Minha mãe lançou um olhar de raiva que quase queimou as bochechas do delegado. Ela não estava gostando nada do jeito dele. Mamãe é uma pessoa muito séria e naquela hora estava morta de preocupação com o meu sumiço. Mesmo assim, acabou contando o dinheiro que tinha na bolsa.

— Não falta nem um centavo — ela respondeu, aliviada.

— O que ele levou na fuga? Meninos jamais esquecem suas camisetas e bermudas mais novas.

— Ele não levou nada — retrucou mamãe. — Tanto que a mochila dele, com as roupas que ele ia levar para a excursão, está ali dentro do roupeiro.

— O caso começa a ficar complicado. — O delegado passou a mão pelas bochechas. — Eu nunca soube de um só caso de moleque que tivesse fugido em dia de viagem sem levar a mochila, sem roubar uns trocadinhos...

— Rodrigo é muito responsável — disse mamãe.

— Todos eles são responsáveis, até cometerem uma grande irresponsabilidade. A senhora me arranja uma foto do garoto? Eu vou entregar ao pessoal que faz a ronda noturna.

Mamãe pegou uma fotografia minha numa das gavetas.

— Nós poderíamos fazer alguma coisa para ajudar a polícia? — perguntou meu pai.

— Claro. Telefonem para as casas dos colegas dele. Muitos moleques se escondem nas casas de amiguinhos e ficam comendo do bom e do melhor enquanto seus pais entram em desespero.

27

A MORTE NUM NINHO DE MUSGO VERDE

Meus pais, Mina e o delegado saíram juntos do meu quarto. Escutei os passos deles no corredor e depois na escada.

O perigo imediato tinha passado. Eles haviam se esquecido de mim, o ratinho. Estavam apenas pensando em mim, o garoto Rodrigo.

O mundo é muito estranho, pensei.

Olhei para o radiorrelógio: faltavam cinco minutos para as oito horas. Abri bem as narinas e funguei. Nem sinal do Bichano, que devia andar pelos telhados atrás de gatas miadoras. É o que ele faz toda noite.

Eu não estava morrendo de fome porque, pouco antes, tinha comido aquele monte de chocolate.

Se estava sem fome e sem medo, eu devia dormir. É a lei dos ratos.

Do meu lado, tinha um livro fininho. Subi em cima dele. Era um exemplar de *A Ilha do Tesouro*, de Robert Louis Stevenson. Resolvi deitar em cima dele para tirar uma soneca.

Acomodei-me sobre o livro e em seguida ferrei no sono. Um sono pesado, cheio de pesadelos de ratos: gatos, ratoeiras e bolotas de veneno.

No sonho, eu me vi de volta aos canos escuros. Um rato se arrastava na minha direção. Caminhava bem devagarzinho, parecia ferido. Corri até ele para ajudá-lo.

Era Lalo.

— O que houve com você? — perguntei. — Está ferido?

— Não, eu estou simplesmente morrendo.

— Simplesmente?

Demorou a responder. Ficou me olhando firme nos olhos. Seu pelo estava ainda mais branco e seus olhos mais vermelhos. De um momento para o outro, tinha envelhecido muito.

— Simplesmente, sim. Um dia a morte chega para todos.

— Você foi atingido pelo desinfetante, pelo inseticida? — perguntei.

— Não, fugi antes. Mas não escapei da passagem do tempo. O tempo passa depressa demais para nós, ratos.

— Você tem notícias do resto do pessoal: Altiva, Éder?

— Fugiram todos por causa dos venenos. Foram para a praça. Lá fica o centro da rede de esgotos da cidade. É um lugar fantástico, tem uns canos enormes. É lá que os ratos se reúnem quando tem uma calamidade. Depois, quando o perigo passa, vão em busca de uma nova casa.

— O homem desta casa aqui é muito malvado! — resmunguei.

— Que nada! Apenas luta para defender sua mulher e seus filhos... Agora, vá! Vá para a praça. Amanhã virá o mata-ratos e esta casa vai ficar inabitável por muito tempo.

— Vou, mas não vou sozinho, Lalo. Vou levar você comigo.

Ele piscou os olhinhos vermelhos:

— De jeito nenhum. Estou velho demais para arranjar um novo lar. Já fiz tudo o que tinha de fazer na minha vida.

A voz dele ia enfraquecendo a cada palavra. Temi que morresse na minha frente.

— Venha comigo! — insisti.

— Não. Mas aceito que você me ajude a ir até o telhado. Quero ver a noite. As estrelas, a lua e, principalmente, o grande céu escuro. É para lá que vamos nós, os ratos, quando morremos.

Lutei para controlar as lágrimas que insistiam em sair dos meus olhos. Os ratos não gostam de cenas de choro.

Agachei-me o máximo que pude e mandei que Lalo montasse nas minhas costas. Era leve como uma pluma.

Da estante, passei para a janela do meu quarto, que estava aberta. Agarrei-me ao cano que vem da calha e subi por ele.

— Que beleza! — exclamou Lalo, quando chegamos ao telhado. — Poucas estrelas e uma lua meio escondida atrás das nuvens negras. Isto é o que nós, ratos, chamamos de uma belíssima noite!

Eu me agachei e Lalo desceu de minhas costas. Deitou-se de barriga para cima, num vão entre as telhas. Seus olhinhos estavam quase fechados.

— Vá! — disse ele, num sopro de voz.

— Vou ficar com você aqui até que...

— Vá!

— O Bichano pode aparecer e...

— Gatos não dão bola para ratos mortos. Vá!

Olhei pela última vez para ele. Parecia muito bem instalado ali, deitado num ninho de musgo verde, olhando para o céu.

28

AS TAREFAS MAIS AMARGAS CABEM AOS HOMENS

Então, acordei.

Sentia uma pressão no peito, um gosto amargo na boca.

Vi que estava deitado em cima de uma superfície plana, lustrosa, fria. Havia um desenho nela. Era um livro, mas naquele momento eu não sabia o que era aquilo.

Levantei. Tinha apenas uma ideia na cabeça: abandonar a casa. Precisava ir até a praça para ver se encontrava a família Cúrcio ou até mesmo Beal. Eram os únicos seres vivos que eu conhecia.

Ia dar o primeiro passo quando escutei um ruído. Encolhi-me num cantinho. Aí, vi entrar um homem desconhecido.

Era alto e magro. A cabeleira grisalha lhe caía por cima dos olhos. Tinha um grande bigode branco. Pensei: esse cara não me é estranho.

O homem esquisito pegou o telefone, discou e começou a falar. De início, tive dificuldade de entender o que ele dizia. Sua voz era metálica, cheia de estalos.

— Delegado, fiz o seguinte: deixei minha mulher e minha filha no salão lá de baixo. Elas vão telefonar para as casas de amigos e colegas de Rodrigo, como o senhor pediu. Então, subi aqui para ligar para o senhor. Pensei: pode ser que o delegado tenha alguma coisa para me dizer, uma coisa que ele não quis dizer diante da mulher e da menina.

Ele ficou calado por um bom tempo, escutando uma resposta que não acabava.

— Está bem, delegado, vou telefonar para os hospitais. É, tem coisas que só os homens podem fazer. Sim, as tarefas mais amargas devem caber aos homens. O senhor tem razão, ligar para os hospitais é o que todos fazem quando alguém desaparece. Claro, Rodrigo pode ter sido atropelado. Pode ter sofrido um ataque de amnésia. Custe o que custar, doutor Sintra, eu vou até o final. Tenho de achar meu filho de qualquer jeito.

Novo silêncio. Sentado na escrivaninha, que era pequena demais para ele, o homem não parava de sacudir as pernas finas e compridas.

— Por que o diabo do menino saiu de casa sem levar a mochila? Não sei. Só sei que estou fazendo força para não pensar em coisas ruins. Este mundo é muito perigoso e violento, doutor Sintra. Tento aparentar calma, não quero assustar nem minha mulher nem minha filha. Mas, por dentro, estou arrasado.

Novo silêncio cheio de pernas sacudidas.

— Sim, sim, delegado, tomei nota dos telefones dos hospitais. Deixe comigo. Obrigado.

O homem desligou o telefone. Ficou por um segundo parado, olhando o tampo da mesa. Aí, tornou a ligar.

Desinteressei-me dele. Deixei a estante e fui para a janela.

29

PARECIA QUE IAM ME ESMAGAR COM O PÉ

Quando olhei para baixo senti uma coisa estranha. Uma pontinha de medo daquela altura toda.

Eu era um rato e ratos não têm medo de altura, mas acontece que eu senti uma ligeira vertigem quando cheguei à beira da janela.

Não dei muita atenção àquilo. Comecei a descer.

A sensação de medo não desaparecia. Mas isso não era o pior. O pior é que eu estava superdesajeitado naquela noite. Movia muito devagar as patas. E me sentia fraco.

Com muito sacrifício, cheguei ao chão. Estava num pátio ajardinado. Comecei a avançar para o muro que teria de saltar para alcançar a rua.

Alguma coisa estava totalmente errada. Primeiro, notei que minhas passadas eram muito largas. E eu me movia como em câmera lenta. Em seguida, descobri que estava olhando tudo a partir de um ponto muito alto e que meus olhos estavam bem mais fracos, com um ângulo menor de visão.

Parei, intrigado. Olhei meu corpo. Não encontrei meu brilhante pelo negro. Vi roupas escuras, sem brilho. Levantei as minhas patas e não encontrei minhas unhas poderosas.

Então, a verdade explodiu dentro de mim: eu havia sido transformado num mísero menino gorducho.

Meu coração disparou. Pulei o muro e saí corren-

do pela calçada. Felizmente, não havia muita gente àquela hora na rua. Correndo, cruzei com um bêbado, que soltou um palavrão cabeludo. Mais adiante, passei por um mendigo, que exclamou:

— Chô, égua! — e ficou coçando a cabeça.

Logo cheguei à esquina da praça. Instintivamente, comecei a correr para o lado da prefeitura. Todos por quem eu cruzava ficavam me olhando, com nojo.

E eu me perguntava: como sabem que sou um rato, se estou enfiado na pele de um menino?

Eu estava em pânico. Cada vez que passava por um humano sentia um medo terrível. Parecia que iam me esmagar com o pé.

Então cheguei à boca de lobo diante da prefeitura, me deitei no asfalto e deslizei para baixo. Caí no sistema de esgoto da cidade.

30

CHISPAVA COMO QUEM FOGE DO DIABO

Por um tempo enorme fiquei deitado ali, tentando recuperar a respiração.

Estava podre de cansado, com as pernas bambas e o coração retumbando, incapaz de dar um passo adiante.

Pela boca de lobo, eu escutava a voz de homens na calçada. Eles discutiam a meu respeito. Um deles disse que ia chamar um repórter de televisão que estava saindo do prédio da prefeitura.

Então, por uns minutos, fiquei em silêncio.

Olhei para dentro dos canos. Vi perto de mim um leve brilho de água e, adiante, só sombras. Senti o mesmo desespero que sente um homem quando fica cego. Era um rato que não enxergava no escuro.

Tentei descobrir alguma coisa com as narinas. Não tive sorte. Senti apenas um fedor de mofo e umidade, água parada.

No fim, tentei avaliar a minha audição. Não consegui escutar nada além das vozes dos homens na calçada e do silêncio dos esgotos. Adeus, ouvidos poderosos.

Eu tinha alma de rato, mas corpo e sentidos de homem.

De repente, uma luz forte invadiu o local onde eu estava. Era o holofote da equipe de reportagem.

Em seguida, ouvi uma voz ensaiada de repórter dizer:

— Estamos diante da prefeitura municipal. Há coisa de dez minutos, as pessoas que trabalham por aqui, os motoristas de táxi e os engraxates, viram um garoto enfiar-se neste bueiro. Então comunicaram o fato à nossa reportagem. Vamos agora ouvir o senhor Antônio, que é engraxate há vinte anos aqui na praça. O que aconteceu, exatamente, seu Antônio?

— O garoto entrou *pelaqui* por essa boca de lobo. Era um menino deste tamanho aqui.

— Um metro e meio, mais ou menos?

— É. Eu nem sei como ele conseguiu se enfiar nesse buraco. Era gorducho.

— O senhor tem certeza de que era um menino?

— Claro. Estava de bermuda e camiseta preta. O cabelo dele batia aqui, no ombro. Um cabelo preto de índio. Veio correndo pelo meio da praça. Chispava como quem foge do Diabo. Aí deitou de pança aqui no asfalto e escorregou pelo buraco.

— Outras pessoas, além do senhor, viram o menino entrar na boca de lobo?

— Claro! Os taxistas, o porteiro da prefeitura, os guardadores de carro. Um *mundo* de gente viu também.

— Aí está a informação. Nós, pelo nosso lado, levamos este intrigante fato ao conhecimento da equipe do Corpo de Bombeiros que está de plantão na prefeitura. O major Marciano, do Corpo de Bombeiros, já está aqui conosco. Major, os bombeiros vão tentar resgatar o menino?

— Positivo. Vamos entrar agora mesmo.

— Por que tanta pressa, major?

— Porque o serviço de meteorologia informou que vai cair uma tromba-d'água. Pelo jeito vai ser logo, logo. Se houver chuvarada, o garoto morre afogado. Mas nós vamos tentar salvá-lo. Vamos entrar por vários pontos do esgoto.

— Esse problema de gente nos encanamentos ocorre com frequência, major?

— Positivo. Em geral, são crianças pequenas que caem nas bocas de lobo.

— É perigoso lá embaixo?

— Normalmente, não. A não ser que a pessoa tenha medo de ratazanas e baratas.

Compreendi que iam começar uma caçada. E que a caça seria eu.

Vi quando um homem se deitou de barriga sobre o asfalto da rua. Ele estava iluminado pela luz forte da equipe de televisão. Como uma cobra, ele deslizou para dentro da boca de lobo.

Já recuperado da corrida, eu me afastei dali. Recuei uns vinte metros para dentro do cano, sem fazer nenhum barulho. Parei e fiquei colado na parede úmida.

O major dos bombeiros estava com uma lanterna na mão.

31

BICHOS PRESSENTEM AS CALAMIDADES

Em seguida, outro bombeiro entrou pela boca de lobo.

Quando a luz da lanterna do major passou por ele, vi que era um homem de pele negra.

— Vamos lá, sargento!

Então, eles começaram a avançar na minha direção. Caminhavam bem devagar, agachados, os capacetes roçando a parte superior do cano. As luzes das lanternas corriam pelas paredes e as botas chapinhavam na água.

Eu não podia perder um movimento deles. Eram os homens que estavam me caçando, mas eu é que os estava observando. Os jatos de luz das lanternas não me alcançavam porque eu recuava sempre.

Ratazanas gordas passavam correndo por mim. Também estavam fugindo dos homens. Elas ganiam umas para as outras. Aquela linguagem não me era estranha, mas eu não conseguia decifrá-la. Sabia que eram frases desesperadas.

As luzes iluminavam imensas baratas pretas, que permaneciam paradas na parte de cima dos canos até que os bombeiros se aproximassem. Então, corriam desesperadas. De vez em quando, uma desabava sobre o capacete deles.

— Bichos dos infernos! — murmurou o major.

— Que diabo esse garoto terá vindo fazer aqui? — perguntou o sargento.

— Pode ser um menino de rua que montou um

esconderijo aqui nos esgotos — respondeu o major.

— Não — retrucou o sargento. — Se estivesse morando aqui, não entraria em hora de movimento. Esperaria a noite fechada. A não ser que estivesse sendo perseguido...

— É. Pode ser um desses trombadinhas que praticam pequenos roubos.

De repente, o major pegou o braço do sargento. Os dois pararam ao mesmo tempo. Desatento, eu dei dois passos para trás.

— Você escutou isso? — perguntou o major. — Uns passos mais pesados.

— Só pode ser o garoto — disse o sargento e espichou para a frente o braço que segurava a lanterna.

A luz não chegou até onde eu estava, parado, suando muito no rosto. Eu nunca havia suado até pouco tempo antes. Ratos não transpiram.

— Vamos em frente! — comandou o major.

Recuei rapidamente. Sem fazer barulho. De repente, deixei o cano e entrei num imenso salão subterrâneo, que fica exatamente debaixo do prédio da prefeitura. Ele foi construído há uns cem anos para servir de abrigo em casos de emergência.

Olhei para trás e vi dois lugares mais iluminados. Eram as duas outras entradas do salão subterrâneo. Entendi logo que os outros bombeiros, com lanternas, estavam chegando por ali.

Corri para o centro do salão.

De repente, um homem surgiu na entrada que ficava à esquerda. Era alto e magro. Também tinha uma lanterna na mão.

Voltei-me para a outra saída e escutei passos vindo de lá. Em seguida um outro homem apareceu ali, de lanterna em punho.

Descobri que estava encurralado.

O major e o sargento foram os últimos a entrar no salão.

— Atenção, pessoal — comandou o major. — Vamos avançar todos ao mesmo tempo. Ele deve estar aí no lugar mais escuro, no centro.

Eu estava exatamente ali. Em poucos minutos, as luzes das lanternas chegariam até onde eu estava. Em pânico, as ratazanas corriam à minha volta. Gritavam para mim. Queriam que eu as defendesse.

— Bichos da peste! — berrou o bombeiro alto, que era tenente. — Será que estão com medo da gente?

— Que nada! — disse o major. — Querem fugir daqui. Sabem que a chuvarada vai começar logo. Bichos pressentem as calamidades.

32

O PIOR DESSE BICHO SÃO OS OLHOS

— Credo em cruz! — gritou o tenente, quando o primeiro jato de luz me alcançou.

Em seguida, os focos das outras lanternas me atingiram. E ficaram parados em cima de mim.

— Caramba — suspirou o sargento. — É de arrepiar.

Eu estava encolhido, as quatro patas no chão, os músculos contraídos. Pronto para atacar. Eu movia o focinho de um lado para o outro, encarando um homem de cada vez. Estava com medo, muito medo, mas sabia que tinha de reagir. Eu era um rato, embora metido num corpo balofo de menino. Resolvi que ia saltar sobre o primeiro que se aproximasse mais de mim.

Os quatro avançavam devagar na minha direção.

— É ele mesmo — disse o major. — Está de camiseta e bermuda pretas.

— Olhem o nariz dele! — espantou-se o tenente. — O nariz dele se move como focinho de rato.

— Cuidado com os dentões dele — acrescentou o major.

Os meus lábios se arreganhavam, sem que eu pudesse controlá-los, e do fundo da minha garganta saíam uns guinchos, que agitavam ainda mais as ratazanas que estavam à minha volta.

A uns dois metros de mim, os bombeiros pararam.

— Todo cuidado é pouco — disse o major, baixinho. — Está procurando um jeito de escapar. Fiquem atentos.

O tenente passou a lanterna para a mão esquerda e sacou um porrete da cinta.

— Guarde o cassetete — ordenou o major. — Ele está tão assustado quanto nós.

— O seguro morreu de velho, major — retrucou o tenente. — Esse garoto parece doido. Se vier para cima de mim, baixo o braço nele.

Virei o rosto na direção do tenente e emiti um guincho medonho.

— Calma, garoto — disse o major. — Nós vamos ajudar você.

No fundo, bem no fundo, uma coisa me dizia que o major era gente boa, mas eu não podia confiar neles. Ele era um homem e eu era um rato.

— Os dedos dele estão duros, como se fossem garras. Só faltam os fios de bigode e o rabo para ele ser uma ratazana de verdade — observou o tenente.

— O pior desse bicho são os olhos — disse o sargento.

33

POSSUÍDO POR UM ESPÍRITO RUIM

Então, chegou a hora.

Eu havia decidido que o mais fraco era o tenente. Ia saltar em cima dele, derrubá-lo e fugir pela abertura por onde ele tinha entrado. Contraí todos os músculos, pronto para saltar.

Aí, o sargento voou em cima de mim.

Era um homem meio baixote, mas muito forte. Ao cair nas minhas costas, passou um braço em volta do meu pescoço. E apertou com força.

Por um segundo, eu fiquei parado, surpreso. Depois, comecei a girar o pescoço de um lado para o outro, tentando me livrar dele. Aquele ataque pelas costas me deixou furioso. Só com a força do pescoço, eu jogava o sargento de um lado para o outro.

— Vou dar uma porretada nesse bicho — anunciou o tenente.

— Não seja estúpido! — discordou o major. — Você pode ferir o sargento.

Aí, o major conseguiu segurar uma das minhas patas traseiras. E disse:

— Pegue o outro pé, tenente. Assim, ele ficará sem apoio.

O tenente guardou o porrete e fez o que o major mandava. Os dois juntos conseguiram espichar minhas patas. Por fim, eu fiquei estirado no chão.

O quarto bombeiro sentou em cima das minhas

costas. Por uns segundos, ainda tentei reagir, corcoveando, mas o ar começou a me faltar.

— Se ele fosse um menino normal, já teria desmaiado — disse o major.

— Parece possuído por um espírito ruim — acrescentou o tenente.

Mais uma vez eu suava muito no rosto. O suor me ardia nos olhos. E depois descia até a minha boca, amargo. Ratos não suam, eu pensei de novo.

Aos poucos, meus guinchos de fúria foram se transformando em gemidos. Eu estava sufocando. Minha resistência tinha chegado ao fim. Desmaiei.

34

UM CORAÇÃO DIVIDIDO

Acordei pouco depois, com o major me dando tapinhas no rosto.

Abri os olhos e a luz forte das lanternas me fez piscar.

— Nem parece o mesmo agora — disse o sargento. — O rosto dele está em paz.

— É bom não confiar demais — aconselhou o tenente. — Rato é bicho traiçoeiro.

— Ele agora é apenas uma criança — disse o major.

Gemendo, consegui erguer o peito. Sentei no chão úmido, frio e gosmento. Senti nojo e quis me levantar, mas não pude. Passei a mão pelo pescoço, que estava muito dolorido, depois pela testa. Estava com uma tremenda dor de cabeça.

Eu não me lembrava de como tinha ido parar ali. Estranhei aqueles quatro homens à minha volta.

— Onde estou? Quem são vocês? — perguntei. Minha voz era estrangulada, rouca.

— Bombeiros — respondeu o major. — A gente veio tirar você daqui.

— É, temos de sair já daqui — eu disse. — Sinto cheiro de água, muita água.

Naquele momento eu já era, de novo, um menino num corpo de menino. Mas ainda era um pouco rato no meu coração, porque pressentia a chuvarada e o perigo que ela representava.

Amparado pelo major e pelo sargento, eu me levantei. Estava muito fraco, tinha de me esforçar para ficar de pé e caminhar.

— Como eu vim parar aqui? — perguntei.

— Só Deus sabe — respondeu o tenente, que ia à frente iluminando o caminho.

Deixamos o salão e ingressamos no cano por onde eu havia entrado. De quando em quando, eu tropeçava. Queria andar mais rápido do que podia.

De repente, umas ratazanas passaram correndo por nós. Vinham em sentido contrário. Parei. Por um segundo, fiquei indeciso. Uma parte do meu coração me dizia que tinha mesmo de sair dali, mas a outra me mandava seguir os ratos.

— A água está subindo rapidamente — disse o major, e me puxou.

A lâmina de água, que na entrada me batia nos

tornozelos, agora me chegava aos joelhos. Era uma água escura e malcheirosa.

Como o cano ali era mais estreito, o major e o sargento me soltaram. Fiquei no meio dos quatro homens. Andávamos em fila indiana.

Rapidamente, a água subia. Chegou às minhas coxas, a correnteza ficou muito forte.

Paramos junto à boca de lobo. Por ela entrava um jato de água e também uma claridade muito forte. Era das luzes da equipe de televisão.

— Ainda bem que eu mandei cercarem essa boca de lobo com sacos de areia — disse o major. — Se não tivesse feito isso, não poderíamos sair agora.

O tenente foi o primeiro a deixar a rede de esgotos. Eu fui o segundo. Puxado pelo tenente e empurrado pelos bombeiros, saí com alguma dificuldade.

Fui recebido por um forte jato de luz. Era a iluminação da equipe de televisão. Chovia muito, mas eu fui logo protegido por um grande guarda-chuva. Dezenas de pessoas que estavam pelas imediações começam a aplaudir e a gritar.

Eu queria fugir dali, mas estava cercado.

O repórter da televisão colocou um microfone quase dentro da minha boca e me pediu que dissesse alguma coisa. Eu estava zonzo, preso dentro do quadrado de sacos de areia que tinha sido preparado em volta da boca de lobo para evitar a entrada de água.

Então, quando eu já estava quase chorando de tão assustado, alguém me puxou pelo braço. Eu me voltei para ele. Era o major. Pegou-me no colo e entrou comigo numa ambulância.

SEGUNDA PARTE

A MAIS ESTRANHA DAS REPORTAGENS

1

O MISTERIOSO COLEGA DE JARDIM DE INFÂNCIA

Certo fim de tarde, e isso já faz algum tempo, eu estava batucando num teclado de computador na redação do *Correio Braziliense* quando recebi, via fax, um estranho bilhete:

> Espero você neste sábado. Reservei um lugar no voo 363. Apanhe sua passagem no balcão do aeroporto, aí em Brasília, antes de embarcar. É trabalho de alto interesse jornalístico. Você fará a mais estranha das reportagens de sua carreira. Uma pessoa receberá você no aeroporto daqui.
>
> Um abraço do LL, seu colega de jardim de infância.

Durante dois ou três dias dei tratos à bola. Quem seria o misterioso LL? Liguei para meus pais no Rio Grande do Sul. Consultei álbuns de fotos da minha infância.

Nada. Nenhuma pista.

Pensei que podia ser uma cilada de alguém interessado em acabar com a minha carreira de jornalista, embora até hoje eu só tenha feito inimigos entre os escritores. Gosto de escrever críticas maliciosas sobre livros recém-lançados. Já que não ganho bem no jornal, pelo menos me divirto. Mas os escritores, pelo que se diz, não matam nem baratas.

Avisei meu chefe da insólita viagem e, no dia marcado, segui para X, capital de um de nossos principais estados.

No aeroporto de lá, fui recebido por um motorista de táxi chamado Fujiwara. Ele não ria, como todo nissei. Isso me preocupou. Faria ele parte de alguma gangue de criminosos sanguinários? Não, claro que não. O senhor Fujiwara media metro e meio e dificilmente seria aceito num bando de malfeitores.

Fui levado por ele a um bairro de casas elegantes, cercadas por jardins imensos e escondidas por trás de muros altos.

Na porta da casa, fui recebido por um homem alto e magro, de cabeleira grisalha e vasto bigode branco. Seus olhinhos verdes eram como pequenas esmeraldas que luziam por trás das grossas lentes dos óculos. Como Fujiwara, ele tampouco tinha o físico de um bandido de cinema.

— Não está lembrando de mim?

— Mais ou menos — menti.

— Está nada! Eu, sim, me lembro. Tenho uma memória implacável. Estudamos juntos em 1959, em Pelotas. Meu nome é Leonel Lima. Eu sentava na primeira carteira da sala, à direita. Você sentava na última, à esquerda.

Meu cérebro tentou pegar de arranque mas não conseguiu. Não me lembrei de ninguém da minha turma de jardim de infância. O cara grisalho continuava sendo um baita desconhecido. Se estivesse mentindo, tudo bem, eu não perceberia.

— Entre! O caso é o seguinte. Há duas semanas, os jornais noticiaram a história de um menino que foi resgatado da rede de esgotos. O menino-rato. Você deve ter lido...

— Sim. — Eu recordava muito vagamente de ter lido a respeito.

— O garoto é meu filho. Os jornais trataram muito mal do acontecimento. Contentaram-se com títulos espalhafatosos e noticiazinhas mal escritas. Para nossa felicidade, o assunto saiu logo das manchetes.

— Compreendo. Mas por que você me chamou aqui?

— Por um motivo muito simples. Eu sou um cientista. Um homem que vai ao fundo dos problemas. Quero, sempre, saber tudo sobre tudo. Não me contento com meias informações. Resumindo: quero que você entreviste Rodrigo. Sei que você é um repórter experiente. Fará as perguntas certas e saberá fazer com que o garoto fale sobre todos os pontos obscuros do que aconteceu com ele.

Estávamos numa bela sala fortemente iluminada pelos jorros de luz que entravam pelas imensas janelas envidraçadas.

— Sente! — ordenou ele, apontando para um confortável sofá de couro. — Rodrigo já contou alguma coisa. Um pouco à polícia, outro pouco à psicóloga. Também tem falado conosco, seus pais. Mas eu quero uma narrativa do princípio ao fim, desde o momento em que ele adormeceu na frente da tevê até quando foi resgatado pelos bombeiros, na rede de esgotos. Depois, submeterei esse texto a vários psicólogos.

Enquanto falava, o homem sacudia as pernas. Era um cara agitado. Percebi que não gostava de perder tempo. Tinha a voz firme de quem estava acostumado a mandar.

— Não sei se o meu jornal tem interesse pelo caso — eu disse.

— Seu jornal está fora do assunto. Este é um trabalho particular, que você fará para mim. Eu pagarei o que você considerar justo...

— Não se trata de dinheiro!

— Discutiremos isso depois. Rodrigo está agora na aula da natação. Chegará em meia hora. Enquanto isso, você lê essas notícias de jornal. Depois, entrevistará o garoto. Tenho pronto um gravador e muitas fitas. Em duas ou três horas, vocês matam o assunto.

Minha reação mais imediata foi a de mandar o magricelo plantar batatas, mas, como velho viciado em jornalismo, decidi ler primeiro os recortes de jornal.

O bizarro Leonel Lima deixou a sala. Peguei os tais recortes. Li, reli e acabei me interessando muito pela história. Quando ele retornou, eu disse que conversaria com o menino:

— Aceito o desafio de tentar contar essa história.

2

O GAROTO QUE SABIA CONTAR HISTÓRIAS

Pouco depois, chegava Rodrigo Lima. Não era nem alto nem baixo, mais para robusto do que para magriço. Sua longa cabeleira negra estava aprisionada debaixo de um boné. Usava bermudões imensos e uma camiseta ainda maior. De início, seus olhos negros me observaram curiosos, mas sem simpatia.

Feita a apresentação, Leonel Lima nos levou até o quarto do garoto. Ligou o gravador e saiu. Rodrigo recostou-se na cama e ficou me olhando, calado.

Tenho trinta anos de jornalismo, já entrevistei um milhão de pessoas. Quando quero, faço até mudos falarem sobre temas que desconhecem.

Comecei uma longa conversa mole sobre futebol, música, televisão, garotas, computadores e Disneyworld. Depois, contei umas dez piadinhas infames, fiz caretas e imitei bichos.

Então, de um momento para o outro, Rodrigo começou a falar. Eu havia ganhado a confiança dele. Sua voz, que era mansa de início, foi se aquecendo aos poucos. E ele me narrou sua extraordinária história.

No princípio, ainda fiz uma ou outra pergunta, para dirigir o depoimento dele. Mas depois fiquei em silêncio, impressionado com a riqueza de detalhes da narrativa. O garoto era um ótimo contador de histórias, sabia imitar vozes e gestos. Só a necessidade de trocar as fitas do gravador me fez pedir a ele, duas ou três vezes, que parasse de falar.

3

A MENINA QUE COMIA BAGANAS E TAMPINHAS

Duas horas depois, deixei a casa dos Lima.

Fui para um hotel.

Eu pretendia descansar um pouco, mas não consegui. Frases inteiras do menino iam e vinham pela minha cabeça. Resolvi escutar as fitas gravadas pouco antes.

Impressionado com o que ouvi, decidi ficar mais um dia naquela cidade.

Telefonei a Leonel Lima:

— A história do menino não ficará completa se eu não escutar alguém da polícia e a psicóloga que o atendeu.

— Certo. Ligarei agora para o delegado Sintra e para a doutora Fátima. Marcarei entrevistas com eles para amanhã de manhã.

Meu ex-colega de jardim não era homem de jogar conversa fora.

No dia seguinte, às nove horas, eu me encontrei com a doutora Fátima Oliveira, psicóloga da polícia, numa pracinha de bairro. Ela estava com o marido e com a filha, uma garotinha de um ano cujo passatempo era colocar baganas de cigarro e tampinhas de garrafa na boca.

A doutora Fátima era uma mulher simpática, sorridente. Tinha uma pele muito branca, salpicada aqui e ali por sardas. Aparentava ter menos de trinta anos.

Contei a ela que era o jornalista contratado por Leonel Lima para registrar no papel a história de Rodrigo. E que esse texto, depois, seria usado para um estudo mais aprofundado do caso.

— A senhora viu o Rodrigo na noite em que ele foi retirado da rede de esgotos? — perguntei.

— Não. Depois que foi resgatado pelos bombeiros, ele foi levado ao hospital. Estava muito agitado, agressivo, estranho. Os médicos decidiram sedá-lo e ele passou a noite lá. Só falei com ele no dia seguinte. Ele me disse que ainda não se sentia cem por cento um menino. Em certos momentos, fazia gestos que lembravam os movimentos de um rato. Tivemos uma longa conversa, mas eu precisaria de dezenas de sessões com ele para avaliar melhor o que aconteceu.

— Como ele estava fisicamente?

— Esgotado. Quando o médico disse que haviam pesado Rodrigo naquela noite e que ele estava com cinquenta quilos, o pai do garoto disse que não podia ser. Menos de uma semana antes, o Rodrigo tinha se pesado numa farmácia e estava com cinquenta e cinco quilos. Ninguém perde cinco quilos numa semana!

— Ou num dia — acrescentei.

— Isso mesmo — ela concordou. — Mas não foi a questão física o que mais me preocupou. Foi o aspecto psicológico. Ele estava em pânico. Achava que todos queriam matá-lo, mas temia principalmente os próprios pais...

— Os pais? Por acaso, ele era maltratado em casa? — perguntei.

— De modo algum. Os pais dele são pessoas muito gentis. Ficaram espantados quando contei a eles o que o menino tinha me dito. Desde o primeiro momento, o pai desconfiou de toda a versão do garoto. A mãe, não. Ela estava apenas assustada demais.

— A senhora já tem uma ideia do que aconteceu com ele?

— Não quero parecer apressada, mas, pessoalmente, acho que ele se autossugestionou. Na noite anterior ao caso, ele ficou acordado até bem tarde para fazer uma pesquisa sobre ratos, para a professora de ciências. Depois do almoço, viu na televisão um mágico hipnotizador. Era época de provas mensais e, para completar, Rodrigo estava muito excitado com a excursão da escola. A soma de tudo isso explodiu no pesadelo...

— Pesadelo?

— É. Tem horas que eu acho que tudo não passou de um longo sonho ruim. Um interminável pesadelo que se desdobrou em vários pesadelos menores. Pesadelo dentro de pesadelo, intercalados por breves alucinações. Primeiro, ele se sentiu um menino aprisionado no corpo de um ratinho. Depois, no final, era um rato que se sentia desconfortável na pele de um menino.

Enquanto falava comigo, a psicóloga mantinha os olhos amorosos na sua filha, que a cada momento se agachava para pegar uma porcaria no chão. O pai nem sempre era rápido o suficiente e a menininha conseguia abocanhar pauzinhos de picolé ou palitos de fósforo.

— O que é sonho e o que é realidade na história de Rodrigo? — perguntei.

— Sinceramente, eu não sei dizer. Com certeza mesmo, sabemos apenas o que aconteceu nos esgotos porque os bombeiros nos contaram. O que ocorreu na casa dele, desde o momento em que a mãe e a irmã saíram para ir ao supermercado até quando ele pulou o muro, a gente só sabe através da versão dele. O importante é que tudo o que Rodrigo nos contou a respeito do ratinho foi depois confirmado pelos pais dele.

— Tudo?

— Tudo, sem exceção. No hospital, teve uma hora em que ele me mostrou as costas. E eu vi nelas uns pequenos riscos. Ele disse que aqueles arranhões tinham sido feitos nele pelo Bichano.

— Ele não teria se ferido enquanto lutava com os policiais nos esgotos?

— Não — disse a psicóloga. — Os médicos que o examinaram constataram que ele tinha vários hematomas da luta com os bombeiros, principalmente no pescoço. Mas acharam que os ferimentos nas costas eram mais antigos.

Suspirei fundo. Sinceramente, eu não sabia o que pensar daquilo.

4

DENTRO DO RATINHO QUE VOCÊS TENTARAM MATAR

Deixando a psicóloga com sua filhinha comedora de gravetos e papéis velhos, peguei um táxi e fui para a casa de Leonel Lima.

O delegado Sintra, que cuidava do caso, estava me esperando lá. Ele correspondia exatamente à descrição feita antes por Rodrigo. Media pouco mais de metro e sessenta e devia beirar os cem quilos. Na cara, trazia dependurado um sorriso zombeteiro.

Os pais de Rodrigo e o robusto policial estavam sentados na varanda, ao lado da piscina. No pátio imenso, intercalavam-se gramados imaculados e jardins com flores de todas as cores do arco-íris.

Sônia Lima era uma mulher pequena, de gestos delicados e um rosto que não mostrava a idade. Tinha quarenta anos, mas aparentava ter trinta. Ao contrário do marido, era uma pessoa extremamente tranquila, embora bem mais falante do que ele.

— Tenho certeza de que o texto que o senhor vai escrever será muito útil — disse ela, quando fomos apresentados. — Eu, num primeiro momento, achei que o melhor para Rodrigo seria esquecer tudo. Depois, acabei concordando com meu marido. É saudável que o menino ponha para fora tudo o que ainda tem no peito. Leonel é um cientista, gosta de tudo bem explicado.

— O que mais a impressionou no caso? — perguntei.

— Foi quando soube que o Rodrigo disse à psicóloga que nós, meu marido, minha filha e eu, tínhamos tentado matá-lo. Com porretadas e com veneno. Ele descreveu para a psicóloga com exatidão tudo o que aconteceu na nossa casa durante aquela tarde, desde quando tentamos pegar um ratinho até o ataque de asma que ele teve...

— Não faz sentido! — meteu-se Leonel Lima, irritado. — Um garoto daquele tamanho não poderia estar dentro do cano quando eu...

— O senhor colocou mesmo inseticida e desinfetante? — perguntei.

— Claro. Mas para tudo existe uma explicação lógica — disse o cientista, em voz alta. — Certamente o garoto estava em algum lugar da casa que tinha ligação com o encanamento. Eu me recuso a acreditar em baboseiras!

— Calma, querido! O certo é que naquela tarde Rodrigo teve mesmo um ataque de asma. Os médicos do hospital constataram isso depois. Além disso, Rodrigo descreveu direitinho as vassouradas que eu dei nele... quero dizer, no ratinho. E os ataques do Bichano.

— A senhora confirma a versão do ratinho, digo, do Rodrigo, para o que aconteceu durante a tarde? — indaguei.

— Toda.

— Como foi o seu reencontro com ele?

— Foi tenso. Ele parecia muito assustado ainda.

— Com medo da senhora?

— Sim. Mas eu estava preparada para enfrentar o medo dele. Veja bem. Ele dormiu no hospital. Nós fomos lá no dia seguinte. Chegamos bem cedo e tivemos de esperar que a psicóloga conversasse com ele. Na saída, a doutora Fátima falou de todas as coisas estranhas que tinham acontecido na nossa casa enquanto o Rodrigo estava sumido. No final ela me disse: o Rodrigo me garantiu que estava dentro do corpo do ratinho que vocês tentaram matar.

— E o seu marido, como reagiu à informação da psicóloga? — perguntei.

Pelo canto dos olhos, observei Leonel Lima. Parecia contrariado. Sacudindo as pernas, ele olhava fixamente para a água azul da piscina.

— Meu marido só aceita fatos que possam ser comprovados cientificamente. Não acredita em psicologia. Eu até fiquei com medo de que ele começasse a discutir com a psicóloga, que estava sendo muito gentil conosco.

5

PATIFARIA, ARTE, BRINCADEIRA IDIOTA

Ficamos em silêncio por um bom tempo, até que o delegado de polícia soltou uma risadinha miúda e perguntou:

— Quem vai desvendar a misteriosa metamorfose de Rodrigo: a polícia ou a psicologia?

E ele mesmo respondeu:

— A polícia, é claro. Está investigando a fundo, isso eu lhes garanto. O caso é raro e interessante. Onde esteve Rodrigo entre as duas da tarde e as oito da noite? Uma coisa é certa: pelo espaço sideral ele não andou. Estou seguro de que não foi raptado por nenhum disco voador.

O policial era mesmo metido a engraçadinho, como me havia dito Rodrigo.

— O que apuramos foi que, pouco antes das oito da noite, Rodrigo foi visto pulando este muro. Um bêbado nos deu a informação. Depois, o menino saiu correndo em direção à praça. Corria de um jeito tão estranho, agachado, que acabou chamando a atenção de todos. Na praça, enfiou-se pelo bueiro e lá enfrentou os bombeiros. Isso é o que temos de concreto. Mas, para a parte da tarde, temos apenas teorias...

— Que teorias? — perguntei.

— A nossa hipótese mais forte é bastante simples: o garoto passou o tempo todo escondido no sótão da casa. Pode ter subido sem atentar para o que fazia...

— Ele é sonâmbulo? — perguntei à mãe.

— Sim. De vez em quando, dormindo, caminha pela casa. Às vezes, senta na cama e conversa sozinho.

— Pode ser sonambulismo, mas também pode ser patifaria, arte, brincadeira idiota — disse o delegado. — Rodrigo pode ter se escondido ali para brincar, acabou dormindo e tendo um pesadelo. Garotos gostam de confusão. Quando elas não surgem naturalmente, eles as procuram, onde quer que elas estejam. Nos telhados, nos porões.

— Mas Rodrigo alega ter estado nos encanamentos da casa — ponderei. — Ele descreve os canos com precisão.

— Sei disso. Aparentemente, é impossível para

um garoto do tamanho dele entrar no encanamento desta casa. Mas sou um velho policial e sei que o impossível acontece com muita frequência. O que eu posso lhe informar é que, no dia seguinte aos fatos, mandei o pessoal da Perícia Técnica vistoriar esta casa. No térreo e no andar superior não encontraram nenhuma irregularidade. Mas no sótão... Por falar nisso, podemos visitar o sótão agora, doutor Leonel?

— Claro.

Pouco depois, o delegado e eu estávamos na saleta de televisão. Dali, com a ajuda de uma escada, passamos através de um alçapão e chegamos ao sótão.

Escuro, úmido e abafado, o sótão media bem mais de cem metros quadrados. Das ripas que sustentavam o forro até as telhas a altura era de dois metros, o que permitia que permanecêssemos de pé. Para onde quer que olhássemos, o madeiramento estava tomado por teias de aranha e por uma grossa camada de poeira.

— Veja o que vou lhe mostrar — disse o delegado, tirando uma lanterna do bolso da calça. E fez a luz correr pelas madeiras. — Há muitas marcas de pés e de mãos na camada de poeira. Está vendo ali? Também há muitas teias de aranha rompidas. Ali. Está enxergando? Isso tudo estava bem mais claro no dia seguinte à confusão, quando o nosso pessoal esteve aqui. Nós concluímos que quem deixou as marcas na poeira também arrebentou as teias...

— Rodrigo?

O delegado não me respondeu. Continuou:

— Agora, olhe para baixo. Há pequenas fendas na madeira do forro. Elas permitem que se possa ver, daqui, o que acontece no andar de cima da casa.

— O senhor quer dizer que...

— Nada. Não digo nada. Apenas estou lhe mostrando o sótão. O mais intrigante é que a nossa equipe achou aqui em cima um saco de plástico transparente. Dentro dele havia uma embalagem prateada. Havia sido deixado aqui há pouco tempo porque os policiais puderam sentir o cheiro de chocolate.

6

COMO A GENTE, COMO EU E VOCÊ

Quando retornamos ao pátio, Rodrigo e uma garota estavam na piscina, nadando. Calculei que aquela era Mina, a encrenqueira.

Dona Sônia insistiu para que eu e o policial ficássemos para o almoço. Aceitamos.

Continuei a conversar com a dona da casa e com o delegado, mas não perdia Rodrigo e Mina de vista. Disputavam tiros de natação. A menina ganhou no nado de peito, Rodrigo no borboleta. Depois, Mina ganhou no *crawl* e Rodrigo venceu no nado de costas. Vibravam, reclamavam. Jogavam água um no outro. Discutiam o tempo todo, como dois adolescentes normais.

Por fim, saíram da água, enrolaram-se em toalhas e foram sentar numa mesa afastada de nós.

Fui até eles.

Rodrigo me apresentou a Mina, disse que eu era o jornalista que tinha gravado toda a história dele. A garota me olhou desconfiada. Puxei assunto. Contei que tinha filhos da idade deles. Narrei casos engraçados da nossa família. Aos poucos, ela foi se descontraindo. Falava bem mais do que Rodrigo. Era uma menina divertida.

De repente, um gato amarelo se acercou de nós. Surgiu do nada e se deitou na sombra da nossa mesa, silenciosamente.

— Este é o gato assassino — disse Mina. — Bichano, o sanguinário.

Deitado, o gato lambeu uma pata e um arrepio de frio me percorreu a pele dos braços, apesar do calor do dia.

— O que você sente quando vê esse gato, Rodrigo? — perguntei.

O menino me olhou como se não estivesse me vendo, como se eu fosse invisível. Depois de um bom tempo, em voz baixa, disse:

— Parece que foi um sonho. Mas durou tempo demais para ser só um sonho. Foi real demais para ser apenas um pesadelo. Eu ainda sinto o cheiro dos encanamentos. Escuto os sons. Foi como se eu tivesse viajado para um outro país e ficado muitos anos por lá. Quando voltei, eu já era outro cara.

— Outro? — perguntei. — Como assim?

— Uma vez eu li numa revista que os homens que viajam muito estão sempre aprendendo coisas novas. Aprendem com as pessoas dos países por onde passam.

— Você aprendeu o que com os ratos, Rodrigo? — perguntou Mina, zombeteira.

— Não sei direito. Eles parecem indefesos, mas sabem se defender muito bem. Parecem pequenos e fracos, mas são muito espertos. Evitam entrar em luta com os homens, mas mostram muita coragem quando são atacados.

— São como a gente, como eu e você? É isso que você quer dizer? — insistiu a garota.

Rodrigo não teve tempo de responder.

— Venham. A comida está servida! — gritou dona Sônia.

7

UM ENVELOPE AMASSADO

Após o almoço, Leonel Lima levou-me ao aeroporto.

Na saída, o cientista quis saber quanto eu cobraria pelo serviço. Disse a ele que teria de pagar apenas pelo serviço de transcrição das fitas, que eu entregaria a uma empresa especializada.

Fizemos todo o trajeto em silêncio.

No aeroporto, quando o alto-falante anunciou a partida do meu voo, trocamos um rápido aperto de mão. Depois, Leonel Lima enfiou a mão no bolso da camisa e dele retirou um envelope amassado, meio sujo, com umas manchas de gordura.

— Abra quando estiver a bordo — disse ele, e se foi.

Peguei o envelope de discutível limpeza e enfiei no meio de uma revista.

Embarquei. Ajeitei-me na poltrona e preparei-me para dormir. É o meu método de enganar o medo que tenho de avião. Estava quase pegando no sono quando lembrei do envelope.

Abri a revista, peguei o envelope e rasguei a borda dele. Continha uma velha foto amarelada e um texto manuscrito, que eu julguei ser uma carta.

A foto mostrava dois meninos. Um era moreno e gorducho, de cabelos encaracolados. O outro era fino, espigado, e usava óculos de lentes grossas.

Virei a foto. Atrás dela estava escrito:

Esta foto foi tirada no nosso primeiro dia de jardim de infância. Eu sou o garoto catacego. Você, o beiçudo. Sempre senti muita inveja porque você tirava as notas mais baixas da turma e não levava bronca dos seus pais. Eu, quando tirava menos de 90, ganhava cascudos em casa.

Receba esta foto com o meu abraço, L. L.

Guardei a foto no bolso e peguei a folha de papel. Desdobrei-a e li:

Colégio Franz Kafka
6º. ano B
Professora Maria Antônia
Trabalho semestral de Ciências Biológicas

O SENHOR DA ESCURIDÃO

Segundo lendas antigas, o rato chega a viver trezentos anos, mas fica totalmente branco depois dos cem anos.

Existem duas espécies mais conhecidas de ratos:

1 — o **rattus rattus**, chamado rato-comum ou rato-preto;

2 — o **rattus norvegicus**, rato-cinzento ou rato-dos-esgotos.

Os homens têm medo dos ratos desde a Antiguidade porque eles podem causar epidemias e destruir colheitas.

No início, os ratos eram animais do campo. Depois, quando foram construídas as primeiras cidades, eles foram morar nelas. Cavavam tocas para se esconder. E construíam estradas subterrâneas para se movimentar.

Alguns pesquisadores dizem que os ratos imitam os homens em tudo, porque as cidades subterrâneas dos ratos são iguais às cidades dos homens.

Os ratos nascem indefesos, como todos os mamíferos, e precisam de muito carinho e atenção por parte de seus pais. Os ratos maiores fazem muitas brincadeiras educativas com seus filhotes para que eles cresçam espertos e sadios.

A resistência física dos ratos é fantástica. Eles têm uma forte musculatura. Podem viver no frio das geleiras e no calor escaldante dos desertos. Sobrevivem até mesmo nos esgotos das cidades modernas, poluídos por detritos químicos das fábricas.

Os ratos conseguem viver com pequenas quantidades de alimentos, mas nas cidades modernas eles encontram muita comida rica em nutrientes. Por isso, os ratos podem se tornar obesos, como os homens.

Os sentidos muito aguçados dos ratos podem prever enxurradas, tremores de terra e outras catástrofes.

O rato é temido porque é portador da peste bubônica. Essa doença passa para o organismo do homem quando ele é mordido pelas pulgas que vivem perto dos ratos.

O rato é individualista, mas se junta aos outros quando quer roubar um alimento que não pode carregar sozinho.

Os ratos são preguiçosos. Eles passam grande parte do tempo dormindo. Mas, mesmo durante o sono, eles ficam alertas. Acordam com um pequeno movimento. Os ratos são também muito gulosos.

Porque os ratos roubam alimentos, os homens chamam todos os ladrões de "ratos". Mas também chamam de "ratos" as pessoas que frequentam bibliotecas e igrejas.

O rato se movimenta principalmente à noite e mora em tocas e porões. Por isso, é conhecido como "O senhor da escuridão".

O rato é um dos animais que mais aparecem nos pesadelos dos seres humanos. Ele mais as cobras e os tigres.

Depois do homem, o maior inimigo do rato é o gato. Um gato pode passar horas parado diante de uma toca esperando para matar um rato. O gato é capaz de bolar inúmeras estratégias para capturar os ratos. Às vezes salta sobre eles, em voos mortíferos. Às vezes corre atrás deles até cansá-los. Depois de segurar o rato com as garras, o gato o destrói com seus longos caninos.

Rodrigo Lima

8

DIGA QUE É TUDO INVENÇÃO SUA

Chegando a Brasília, entreguei as fitas gravadas a uma empresa de transcrição. Dois dias depois, eu estava com o texto nas mãos. Pouco mexi nele. Como Rodrigo é um excelente narrador, o que fiz foi cortar uma ou outra repetiçãozinha.

Mandei uma cópia a Leonel Lima, mas ele não pôde submetê-lo a vários psicólogos, como havia imaginado. Teve de viajar às pressas para assumir um cargo importante numa empresa aeroespacial nos Estados Unidos. De lá me telefonou:

— Sônia e eu achamos que a experiência de Rodrigo deve ser compartilhada com outros jovens — disse ele, com a sua voz seca. — Estou telefonando para autorizar você a publicar o texto. Mude os nossos nomes e não dê informações precisas sobre nossa cidade. Se quiser, diga que é tudo invenção sua. As pessoas não vão acreditar mesmo.

Agora, passado algum tempo dessa conversa telefônica, resolvi publicar o relato de Rodrigo. Gosto de histórias inquietantes. Quanto mais estranhas, melhor. Mas não me perguntem a minha opinião sobre esta aqui. Refleti inúmeras vezes sobre ela, mas a verdade é que não tenho uma ideia formada a respeito. Pequenos pesadelos dentro de um grande pesadelo principal? Autossugestão? Brincadeira de garoto sapeca? Assombração? Sei lá.

O que eu desejo é que os leitores desta narrativa se divirtam, se assustem, fiquem arrepiados. Se conseguirem entrar para o escuro e fascinante mundo descrito pelo garoto gorducho de doze anos, estarei pago da trabalheira que tive ao ler e reler este texto.

Ah, para encerrar, devo informar que o meu colega de jardim de infância acabou não me pagando o trabalho de transcrição das fitas.

Bate-papo com

Lourenço Cazarré

A seguir, conheça mais sobre a vida, a obra e as ideias do autor de O senhor da escuridão.

NOME: Lourenço Paulo da Silva Cazarré

NASCIMENTO: 29/7/1953

ONDE NASCEU: Pelotas (RS)

ONDE MORA: Brasília (DF)

QUE LIVRO MARCOU SUA ADOLESCÊNCIA: *A Ilha do Tesouro*, de Robert Louis Stevenson.

MOTIVO PARA ESCREVER UM LIVRO: reencontrar o prazer que eu sentia ao ler um livro com 12, 13 anos.

MOTIVO PARA LER UM LIVRO: mergulhar em um mundo diferente do dia a dia.

PARA QUEM DARIA SINAL ABERTO: para as pessoas que decidissem construir um sistema educacional de boa qualidade para todos os jovens brasileiros.

PARA QUEM FECHARIA O SINAL: para os que roubam o dinheiro público, que deveria ser gasto em educação, saúde e segurança.

Um escritor dedicado aos jovens

Lourenço Cazarré nasceu em Pelotas, no **Rio Grande do Sul**. Passou a infância na cidade de Bagé, na **fronteira com o Uruguai**, voltou para sua cidade natal e ainda passou uma temporada em Florianópolis, Santa Catarina. Vive em **Brasília**, capital do país, desde 1977. Formou-se em **jornalismo**, profissão que exerce em paralelo a suas atividades de **escritor**. Estreou na carreira literária no início da década de 1980 e desde então tem acumulado **muitos prêmios** (entre eles, o Jabuti — o prêmio mais importante da literatura brasileira). Já publicou mais de duas dezenas de obras, inclusive no exterior. Sua carreira é dedicada principalmente à **literatura juvenil**.

Em toda a sua obra, Lourenço Cazarré discute a **condição humana** e os conflitos — os grandes e até os aparentemente pequenos — que afligem as pessoas nos dias de hoje. Leia a seguir uma entrevista com o autor, dada na época da publicação do livro, e saiba como foi sua infância e adolescência. Além disso, descubra como se deu a **criação dos personagens** e da história de *O senhor da escuridão*.

A história vivida por Rodrigo pode ser entendida como uma metáfora para a passagem da infância à adolescência. O que mais você poderia dizer sobre essa etapa na vida dos jovens?
De repente, de um dia para o outro, nos vemos transformados em ratinhos — adolescentes — e temos um imenso túnel escuro pela nossa frente. É fascinante essa travessia que nos levará até a idade adulta, mas também assustadora. Os pais sempre ficam inquietos com as mudanças que ocorrem com os seus ratinhos. Na minha opinião, eles deveriam saber curtir melhor a maravilha que é assistir ao nascimento de uma nova e surpreendente personalidade naqueles bichinhos que eles criaram desde pequenos.

Você parece conhecer bem a linguagem dos adolescentes e o modo como organizam o pensamento. Isso vem das suas lembranças ou do convívio com jovens?
Do convívio. Tenho dois filhos e uma filha, todos adolescentes. Amontoando pedacinhos de cada um deles, criei as dezenas de jovens que vivem aprontando nos meus livros. Além disso, meus filhos são minhas cobaias. Eles me leem em primeira mão e dão palpites que, frequentemente, aceito.

Você foi um adolescente que lia muito? Quando tinha a idade de Rodrigo, que autores apreciava, ou que tipo de história?
Meus passatempos prediletos eram o jogo de bola e a leitura. Eu era o maior "ratinho" da Biblioteca Pública Infantil de Pelotas. Lia três livros por semana, todos de aventura. [Monteiro] Lobato, [Robert] Stevenson, Condessa de Ségur e Júlio Verne eram meus autores prediletos.

Eita, rato da peste!
Combatidos nas grandes cidades, os ratos transmitem uma série de doenças, entre elas a leptospirose e a raiva. A epidemia mais grave aconteceu na Europa, na Idade Média, mais especificamente no século XIV. Conhecida como Peste Negra (hoje chamada de peste bubônica), a doença, causada por uma bactéria transmitida pela pulga dos ratos, matou cerca de 25 milhões de pessoas, o equivalente a um terço da população europeia da época. Nesse período, a origem da doença não era conhecida, as medidas de higiene e urbanização praticamente não existiam e as cidades eram infestadas de ratos.

O seu personagem Rodrigo é um garoto que não faz exercícios físicos, fica muitas horas diante da TV e não se interessa por outros tipos de atividade. Foi sua intenção criticar um estilo de vida que muitos jovens têm hoje?
A atual geração de jovens está imobilizada pelo feitiço dos vídeos, computadores, games e TV.
Um dia, em um futuro não muito distante, espero, as crianças voltarão a brincar na rua, andar de bicicleta, ralar os joelhos e suar os topetes.

E os ratos? Como é que você foi escolher justamente ratos para colocar na história?
Ratos existem em quase todos os meus livros, até mesmo nos títulos. Eles me inspiram sentimentos contraditórios. Quando vejo um, minha primeira reação é chutá-lo. Em seguida, tenho vontade de pegá-lo na mão, acarinhá-lo. Como os homens, os ratos carregam o bem (como cobaias, eles ajudam na busca de cura para muitas doenças) e o mal (são transmissores de algumas doenças).

O livro nos dá a possibilidade de refletir sobre o modo como olhamos o mundo. O que parece bom e amigável pode, de uma hora para outra, tornar-se ameaçador, como é o caso do gato de estimação ou mesmo dos pais de Rodrigo. Como você vê essa questão?
A vida é cheia de perigos reais. Mesmo assim, o ser humano sempre arruma um jeitinho de acrescentar mais alguns problemas imaginários à carga que tem de carregar.
O homem é mesmo o bicho mais estranho da face da terra.

O pai da metamorfose

A transformação de Rodrigo em um animal que causa nojo aos humanos é inspirada em um dos livros mais importantes da literatura moderna: *A metamorfose*, de Franz Kafka (1883-1924).
Ele conta a história de Gregor Samsa, um jovem que um dia acorda transformado em uma barata gigante. Kafka nasceu em Praga (que hoje fica na República Tcheca), mas sempre escreveu em alemão. Ficou conhecido por descrever situações irreais e absurdas, mas, ainda assim, verossímeis. Tanto que se criou a expressão "kafkiano" para designar qualquer coisa que lembre a atmosfera de pesadelo das obras do escritor.

Os problemas reais e os imaginários, creio eu, devem ser enfrentados, se possível, com bom humor e criatividade.

Mina, a irmã de Rodrigo, é apresentada pelo garoto como uma chata. Você se inspirou em alguém para criar essa personagem?
Eu me baseei um pouco na minha irmã. Quando jovem, ela era uma pestinha, tal qual está no livro: birrenta e zangada. Mas sempre fomos, e continuamos sendo, bons amigos.

E, aqui entre nós, você é o jornalista que aparece na segunda parte do romance?
Muitas vezes me enfio debaixo da pele dos personagens que crio, principalmente dos jornalistas, que surgem em quase todos os meus livros. Assim, todos eles acabam parecidos comigo: confusos, apatetados e brincalhões.

Obras do autor

PELA EDITORA ÁTICA

A guerra do lanche (juvenil, 1998)
Isso não é um filme americano (juvenil, 2002)

POR OUTRAS EDITORAS

O despertar dos amantes (novela, 1985)
O mistério da obra-prima (juvenil, 1986)
Desventuras do macaco golpista (poesia infantil, 1987)
A ditadura da beata (juvenil, 1988)
A espada do general (juvenil, 1988)
Tempo quente na fronteira (juvenil, 1988)
O sumiço do mentiroso (juvenil, 1991)
A cidade dos ratos — uma ópera roque (juvenil, 1993)
Terror às pampas (juvenil, 1993)
Quem matou o mestre de matemática? (juvenil, 1995)
O mistério dos assaltantes mascarados (juvenil, 1996)
A casa sinistra (juvenil, 1997)
Um código para Iessen (juvenil, 1997)
Nadando contra a morte (juvenil, 1998)
O motorista que contava assustadoras histórias de amor (juvenil, 1999)
Terror em tudo azul (juvenil, 2000)
Ilhados (contos, 2001)
O macaco que queria ser rei (poesia infantil, 2001)
Os marcianos estão chegando (juvenil, 2001)
Um velho velhaco e seu neto bundão (juvenil, 2003)
Devezenquandário de Leila Rosa Canguçu (juvenil, 2004)
Clube dos leitores de histórias tristes (juvenil, 2005)
Os bons e os justos (novela, 2005)